Amor
A DELIVERY?

BRUNO FRANGUELLI

Amor
A DELIVERY?

Sobre o
analfabetismo
sentimental
e erótico

Edições Loyola

Dados Internacionais de Catalogação na Publicação (CIP)
(Câmara Brasileira do Livro, SP, Brasil)

Franguelli, Bruno
 Amor a delivery? : sobre o analfabetismo sentimental e erótico / Bruno Franguelli. -- São Paulo : Edições Loyola, 2024. -- (Cristianismo e modernidade)

Bibliografia.
ISBN 978-65-5504-373-0

1. Antropologia cristã 2. Cultura digital 3. Ética (Moral filosófica) 4. Redes sociais on-line 5. Relacionamento interpessoal I. Título. II. Série.

24-212356   CDD-158.25

Índices para catálogo sistemático:
1. Relacionamentos amorosos : Psicologia   158.25

Eliane de Freitas Leite - Bibliotecária - CRB 8/8415

Preparação: Tarsila Doná
Capa: Ronaldo Hideo Inoue
Composição a partir de edição das imagens
de © bongkarn. © Adobe Stock.
Diagramação: Desígnios Editoriais

Edições Loyola Jesuítas
Rua 1822 nº 341 – Ipiranga
04216-000 São Paulo, SP
T 55 11 3385 8500/8501, 2063 4275
editorial@loyola.com.br
vendas@loyola.com.br
www.loyola.com.br

Todos os direitos reservados. Nenhuma parte desta obra pode ser reproduzida ou transmitida por qualquer forma e/ou quaisquer meios (eletrônico ou mecânico, incluindo fotocópia e gravação) ou arquivada em qualquer sistema ou banco de dados sem permissão escrita da Editora.

ISBN 978-65-5504-373-0

© EDIÇÕES LOYOLA, São Paulo, Brasil, 2024

107153

Àqueles que buscam
um amor,
uma amizade,
alguém,
pelos pântanos das tecnologias,
inseguros e trovejantes.
A todos os que insistem em acreditar
que o amor verdadeiro e duradouro existe
e ainda é possível.

Tocar algo sagrado sem empregar as precauções respeitosas prescritas pelo rito é profaná-lo; é cometer sacrilégio. Do mesmo modo, há uma espécie de profanação em não respeitar os confins que separam os homens, em violar os limites, em penetrar indevidamente o outro.

Émile Durkheim

Sumário

Prefácio 13

Habitamos um mundo diverso 17

Capítulo I

A cultura digital e o nascimento dos aplicativos de relacionamento 25

  1. Das telas do cinema ao *smartphone*:
     um breve percurso histórico 26

2. A *web* 2.0 e os *prosumers* 35
3. A cultura digital e a modificação do cotidiano
   e das relações interpessoais 40
4. As redes sociais: um espaço de encontro? 49
5. As relações nas redes sociais 57
6. Ciberespaço e desterritorialização 60
   6.1. Conexão e conectividade 62
7. Os aplicativos (*apps*) 64
   7.1. A história das buscas afetivas na mídia
       e o nascimento dos aplicativos de
       relacionamento 65
   7.2. *Big Data*, geolocalização e problemas
       de privacidade 71
8. O capitalismo da vigilância 78

Capítulo II
Uma análise do funcionamento dos aplicativos de relacionamento 85

1. Os aplicativos de relacionamento religiosos   88
   1.1. Christian Mingle 88
   1.2. JSwipe 91
   1.3. Muzmatch 95
       1.3.1. Os aplicativos de relacionamento
            e a tradição familiar muçulmana   99
2. Os encontros "*hookups*" e os aplicativos de
   relacionamento 104

2.1. Grindr: o primeiro *aplicativo de relacionamento* 107
2.2. Tinder: o mais famoso e mais utilizado aplicativo de relacionamento 110
3. Os aplicativos de relacionamento e as questões legais 114
4. Os aplicativos de relacionamento e a pandemia da covid-19 120

Capítulo III
Os aplicativos de relacionamento e os jogos afetivos 123

1. A teoria do relacionamento social e dos jogos afetivos em Eric Berne 124
   1.1. Os aplicativos de relacionamento e a gamificação das relações 133
2. Por que jogar nos aplicativos de relacionamento? 136
   2.1. Por que não jogar: o caso do Japao 149
3. A *internet* e a modificação da vida afetiva/sexual de seus usuários 150
4. O capitalismo afetivo e os consumidores de aplicativos de relacionamento 160
   4.1. A fungibilidade das relações nos aplicativos de relacionamento 175

5. O conceito durkheimiano de *homo duplex* e a cultura *hookup* no uso dos aplicativos de relacionamento 187

Capítulo IV
Perspectivas pastorais sobre as relações nas redes 205

1. Recuperar os gestos afetivos: uma contribuição à luz da Encíclica *Fratelli Tutti* 206
2. "A época dos ritos tristes": uma proposta de superação 215
3. A gratuidade do amor versus a lógica das finanças 225

Afinal, existe amor nos aplicativos de relacionamento? 231

Agradecimentos 239

Bibliografia 241

Webgrafia 257

Prefácio

Ao ler essa exploração da vida interpessoal e íntima em um mundo digital, uma pessoa de certa idade será levada à conclusão inevitável: o tão badalado "digital" é vinho velho em pele nova. Já vimos tudo isso. Essa conclusão está correta, até certo ponto.

O autor identifica corretamente a principal novidade da era digital: a realidade da conectividade e da interatividade instantâneas alterou profundamente as categorias de tempo e espaço, as maneiras pelas quais entendemos a nós mesmos e o mundo ao nosso redor. Kant definiu o tempo e o espaço como formas a priori de intuição. Em outras palavras, entendemos o mundo (e nosso lugar nele) como realidade espacial e temporal. Leva tempo para ir do ponto A ao ponto B. Leva tempo para que certos processos se desenvolvam. Leva tempo para que a semente que foi lançada cresça e dê frutos. A ilusão do imediatismo é diretamente oposta a isso. Trata-se de comida instantânea, satisfação instantânea. O que se perde aqui é o aspecto da criatividade. Adão e Eva foram incumbidos por Deus de cultivar e cuidar do jardim. Eles não foram enviados ao jardim para colher os frutos. O aspecto da criatividade vem antes da necessidade de satisfazer as necessidades corporais.

Acho que podemos ler o fenômeno do "digital" em geral, e os aplicativos de relacionamento em particular, sob essa luz. Essa tecnologia é estruturalmente tendenciosa para o consumo, em oposição à cultura. Trata-se de consumo sem amor, de eros sem ágape. Aqui me vem à mente o julgamento sobre *fast food* atribuído a um bispo italiano. Segundo ele, o *fast food* é profundamente anticatólico, porque exclui o aspecto de fazer uma refeição juntos. O *fast food* tem a ver com se alimentar, cuidar de suas necessidades e desejos. Uma refeição, por outro lado,

Prefácio

tem a ver com cuidar e compartilhar. Preparar uma refeição exige tempo, criatividade e cuidado. Ao comermos juntos, cultivamos nossos próprios desejos e necessidades porque estamos atentos ao outro.

Os aplicativos de relacionamento (e muito do que o digital oferece) apelam para nossos impulsos egoístas. Eles prometem satisfação instantânea. Oferecem conexão, não relacionamento. E prometem muito disso. Em alusão a Marshal McLuhan, podemos dizer que não se trata do conteúdo do que vemos na Internet, mas sim do fato de que o usamos. O Papa Francisco diz isso muito bem: o mundo virtual é uma ilusão. Na melhor das hipóteses, ele não é totalmente real. Na pior das hipóteses, pode ser uma fraude. Nesse aspecto, não é diferente de um livro, um poema ou uma boa história: eles são imaginários, mas reais. Eles podem ser úteis e até mesmo esclarecedores. Entretanto, há uma diferença importante entre um livro e a ilusão do digital: o primeiro pertence ao tempo e ao espaço, enquanto no mundo digital, o tempo e o espaço são cancelados. O tempo e o espaço funcionam como âncoras que me prendem à realidade plena e objetiva. No momento em que os cancelo, começo a me desviar. Não mais enraizado no espaço e no tempo, eu me transformo em uma erva daninha que cai, levada pelo vento.

Voltando ao Papa Francisco e a McLuhan: o simples fato de usar os dispositivos digitais me desenraíza

15

da realidade plena da vida. Estou me expondo ao risco de viver uma ilusão, mesmo sem perceber. Nosso mundo atual nos dá muitas evidências dessa ilusão, da deriva. Antropologicamente, ficamos à deriva porque não sabemos quem somos e quem queremos nos tornar. Em vez de cuidar do jardim e cultivá-lo, nós o exploramos por meio da negligência e do consumo.

Não estou me referindo apenas ao mundo natural; como seres humanos, somos chamados a cultivar a nós mesmos e, como seres sociais, precisamos cultivar nosso mundo social. Somos chamados a ser criadores de nosso mundo, não meros consumidores que o utilizam para seus propósitos egoístas.

Espero que a leitura desta obra ajude o leitor a refletir sobre sua experiência. Espero que ele se afaste do modo "fast food" de se relacionar com os outros e passe a fazer uma refeição com eles; que se afaste da gratificação instantânea e passe a cultivar ao longo da vida o jardim físico, pessoal e social no qual fomos colocados por nosso Deus atencioso.

Peter Lah, SJ
Decano da Faculdade de Ciências Sociais
da Pontifícia Universidade Gregoriana-Roma

Habitamos um mundo diverso

> Adão está triste: o paraíso
> não vale a ausência de Eva.
> **Ermes Ronchi**

"O mundo digital deve ser habitado pelos cristãos", escreveu o Papa Francisco num prefácio de um livro lançado recentemente sobre a Igreja no mundo digital[1]. Em um recente documento da Igreja dedicado ao mundo digital, declara-se: "a *internet* devia ser uma 'terra prometida', em que as pessoas pudessem contar com informações partilhadas com base na transparência, confiança e experiência"[2]. Assistimos, principalmente nas últimas duas décadas, a uma real mudança de paradigma que modificou o cotidiano social. A cultura digital trouxe muitas surpresas, e sua importância no dia a dia das pessoas é indiscutível. Além disso, ela não parece ser uma moda, e sua influência apresenta-se irreversível.

Em relação aos relacionamentos humanos, estes sofreram um grande impacto. As modalidades de encontros também foram alteradas. O serviço de *internet*, que inicialmente estava disponível a alguns poucos privilegiados, vem se tornando, pouco a pouco, acessível a uma parcela considerável do globo terrestre. A conexão e, de modo especial, os serviços de geolocalização continuam a desafiar a tradicional concepção de tempo e espaço. Além disso, o constante influxo das redes em nossas vidas nos convida a uma maior compreensão do fenômeno digital e a uma crescente consciência da

---
1. BOLZETTA, F. (org.), *La Chiesa nel digitale: Istrumenti e proposte*, Todi, Tau editrice, 2022.
2. DICASTÉRIO PARA A COMUNICAÇÃO, *Rumo à presença plena*, 2023, 10.

superação dicotômica entre o real e o virtual. O "mundo", hoje, encontra-se nas mãos de todo aquele que carrega consigo um aparelho chamado smartphone conectado a um serviço de *internet*. Seja como for, agora nossa cultura é digital. Para superar a antiga dicotomia entre o digital e o "face a face", alguns já não falam de *"online"* e *"offline"*, mas somente de *"onlife"*, incorporando a vida humana e social nas suas várias expressões, tanto em espaços digitais como físicos[3].

Nesse sentido, o ambiente digital passou a ser explorado por várias áreas do saber: nas ciências sociais e da comunicação, mas também na psicologia, na filosofia, na economia, no *marketing*, na antropologia e até na teologia. Cresceram os estudos com as mais diversas óticas sobre o campo digital, que não se trata simplesmente de um espaço alternativo que disponibiliza ferramentas proporcionadoras de oportunidades, mas de uma cultura que se impõe cada vez mais e tem mudado o modo de ser e de agir humano e social. Dentre estas ferramentas do mundo digital que têm modificado os relacionamentos humanos, nos propomos a apresentar o advento dos aplicativos de relacionamento ou, como em língua inglesa se usa, os *dating apps*.

---

3. Ibid., 9.

Amor a delivery?

"O ser humano é um vivente desta terra, e tudo o que faz e busca está carregado de paixões."[4] Nesse sentido, ancorados na antropologia cristã, nos propomos a apresentar os jogos afetivos que se desenvolvem através dos aplicativos de relacionamento. Compreendemos assim o ser humano "repleto de paixões", que busca os mais diversos modos de encontrar-se com outros, de socializar-se, mas que, ao mesmo tempo, mais que satisfazer seus próprios instintos, tem sede de encontros verdadeiros e profundos. O "modo" como o ser humano busca esses encontros é compreendido assim como "meio/mídia", que ao longo da história realizou-se das mais diferentes formas. Ao interno da cultura digital destaca-se, de modo particular, a presença dos mais variados aplicativos de relacionamento, que a cada dia aparecem no mercado digital e fazem saltar os olhos daqueles que buscam um modo mais eficiente e rápido de conhecer outras pessoas e relacionar-se com elas. Uma revisão sistemática, realizada em 2020, sobre estudos relacionados aos aplicativos de relacionamento entre os anos de 2016 e 2020 conclui com a seguinte declaração:

> Os aplicativos de relacionamento vieram para ficar e constituem um fenômeno social imparável, como

---

4. FRANCISCO, *Amoris Laetitia*, 2016, 143.

evidenciado pelo uso e pela literatura publicada sobre o assunto ao longo dos últimos cinco anos. Estes aplicativos se tornaram uma nova maneira de conhecer e de interagir com potenciais parceiros, mudando as regras do jogo e as relações românticas e sexuais para milhões de pessoas em todo o mundo. Assim, é importante compreendê-los e integrá-los à vida relacional e sexual dos usuários[5].

Nesse sentido, compreendemos que é urgente aprofundar esta temática dentro das ciências sociais, mas também em diálogo com outros saberes, principalmente com a teologia e sua práxis pastoral. Somos conscientes também dos desafios e dos limites que se impõem diante de nós, como a amplitude do tema e a complexidade que existe em relação aos aplicativos de relacionamento, que são dos mais variados e constantemente atualizados tecnologicamente. Isso porque, a cada dia, estes surgem com novas formas de interatividade. Além disso, é um desafio tocar o misterioso universo dos relacionamentos humanos e das mais variadas modalidades de seu desenrolar nas diferentes

---

5. TROZENSKI, A., *The changing spaces of Dating Apps since Covid-19*, disponível em: <https://www.vanderbilt.edu/digitalhumanities/the-changing-spaces-of-dating-apps-since--covid-19/>. Acesso em: 23 jun. 2022.

sociedades. Propomo-nos, portanto, com a ajuda de várias vozes de autores que têm se debruçado sobre esta matéria, entender qual é a lógica desses instrumentos digitais e o quanto ela pode afetar a compreensão dos relacionamentos no mundo atual.

Assim, nosso objetivo geral aqui é apresentar o funcionamento dos aplicativos de relacionamento e, por meio de diversos dados recolhidos por diferentes culturas e lugares, compreender como os jogos afetivos se desenrolam ao interno de seu uso e qual é a influência que a lógica de seu funcionamento exerce sobre seus usuários. Desse modo, nos propomos a realizar um percurso histórico/crítico sobre a evolução das mídias digitais e sua influência nos relacionamentos humanos, apresentando tais aplicativos e seu funcionamento. Depois, verificaremos como se desenrolam os jogos afetivos/sexuais ao interno dos aplicativos de relacionamento, e a quais lógicas seus usuários devem obedecer. A partir dessa base, investigaremos os efeitos de tais lógicas nos relacionamentos humanos e proporemos um caminho alternativo que possibilite encontros verdadeiros e duradouros. É importante ressaltar que não é nosso objetivo realizar reflexões éticas ou morais, nem mesmo emitir juízos ou conclusões. Este texto é introdutivo. Propomo-nos, aqui, a visualizar o fenômeno como tal, compreender suas principais características e, desse modo, oferecer pistas para possíveis confrontos e questionamentos.

Para realizar tal análise, optamos por percorrer o seguinte roteiro: no primeiro capítulo traçaremos um breve percurso histórico/sistemático através das vozes de vários autores que consideramos relevantes para compreender o contexto da cultura digital, sua implicação nos relacionamentos humanos e o paradigma histórico/espacial que possibilitou o nascimento dos aplicativos de relacionamento. Já no segundo capítulo, propomos realizar um percurso que retrate o funcionamento de cinco relevantes aplicativos de relacionamento, observando suas características e funções principais, bem como apresentaremos dados inerentes aos públicos aos quais são dirigidos seus serviços. No terceiro capítulo, nos dedicaremos a apresentar o conceito de jogos afetivos e como esses jogos se desenrolam ao interno dos aplicativos de relacionamento, contando com vozes de eminentes estudiosos de *media studies* e com dados recolhidos por diversos pesquisadores pertencentes a variadas culturas. Já no capítulo conclusivo, apresentaremos uma perspectiva mais pastoral, considerando principalmente alguns documentos do pontificado do Papa Francisco. Proporemos, então, à luz da antropologia cristã, uma reclamação para uma maior consciência da problemática dos rituais afetivos,

Amor a delivery?

e apontaremos pistas inspiradas no Evangelho que podem nos ajudar a superar a lógica do consumo nas relações humanas. Acreditamos, assim, poder oferecer um texto introdutivo, sobre um tema emergente, a todos os que se interessam em compreender melhor a lógica dos encontros afetivos ao interno da cultura digital.

Capítulo I

A cultura digital e o nascimento dos aplicativos de relacionamento

"Não vivemos em uma época de mudanças, vivemos uma mudança de época."¹ E podemos afirmar que um grande componente dessa expressiva mudança é a revolução tecnológica, que está inserindo o

---

1. FRANCISCO, *Discurso do Papa Francisco aos participantes na plenária da Congregação para os Institutos de Vida Consagrada e as Sociedades de Vida Apostólica*, 28 jan. 2017, disponível em: <https://www.vatican.va/content/francesco/pt/speeches/2017/january/documents/papa-francesco_20170128_plenaria-civcsva.html>. Acesso em: 01 abr. 2022.

ser humano contemporâneo naquilo que denominamos cultura digital. No presente capítulo, nos propomos a realizar uma introdução ao universo da cultura digital partindo de dados históricos referentes à *internet* e de conceitos básicos ligados a esta, até chegar na cultura da digitalização e na expansão do uso do *smartphone*, que permitiram o desenvolvimento dos aplicativos de celular e, por consequência, o nascimento dos aplicativos de relacionamento.

Cabe-nos, aqui, trafegar por vários autores que nos auxiliarão a compreender melhor alguns aspectos da complexa cultura digital na qual, como seres sociais e conectados que somos, de distintas maneiras e em proporções diversas, todos estamos inseridos. Este percurso também nos orientará na compreensão de que, ao mesmo tempo que a era da conectividade nos insere em uma realidade global e eficiente, ela também nos coloca diante de desafios antropológicos e sociológicos, que trataremos de percorrer.

1. Das telas do cinema ao *smartphone*: um breve percurso histórico

A Revolução Industrial possibilitou, na segunda metade do século XIX, um grande impulso no processo dos avanços tecnológicos. Dentre eles, no mundo da comunicação, destacamos a invenção dos dispositivos que tornaram possíveis as imagens em movimento, ou seja, as projeções cinematográficas. Estas produziram um efeito jamais visto na história humana. Tudo isso aconteceu exatamente porque as projeções cinematográficas possibilitaram o alargamento da experiência por meio da ilusão de assistir, no presente, a fatos que aconteceram em outros lugares e em outros tempos.

Tal realidade, de algum modo, era apenas uma fagulha da grande experiência digital que, cerca de um século depois, iria acontecer. Diferentemente das experiências oferecidas pelo teatro, pelas obras de arte e mesmo pela fotografia, o cinema, ainda que inicialmente não contasse com as tecnologias sonoras, evocava a necessidade de distinguir a realidade da ficção[2]. Desse modo, o ser humano emancipava-se para muito além das máquinas industriais. Tratava-se de uma emancipação da sua própria imaginação e do seu modo de relacionar-se e de existir no mundo.

Com o desenvolvimento das mídias elétricas, ao cinema foram integradas as tecnologias de som, e, com isso, o rádio e, depois, a televisão. Todas essas invenções

---

2. FABRIS, A., *Etica per le tecnologie dell'informazione e della comunicazionne*, Roma, Carocci, 2018, 43.

foram se consolidando com o sistema *broadcasting*, que tornava possível que um único emitente alcançasse, ao mesmo tempo, inumeráveis pontos de recepção e se colocasse à disposição de um número ilimitado de usuários[3]. Aqui, decidimos nos apropriar do termo "usuário" para denotar aqueles que utilizam os meios de comunicação, embora alguns sociólogos, como Henry Jenkins (2016), prefiram empregar o termo "consumidor". Consideramos que os dois termos estão inter-relacionados, e isso será explicitado principalmente quando abordarmos, mais adiante, o conceito de relação interpessoal e sua conexão com o capitalismo. Vale também recordar que o termo "meio", para se referir aos meios de comunicação, vem do latim *medium* (substantivo neutro, cuja forma do caso nominativo, no plural, é *media*) e traz o sentido de "estar no meio" entre aquele que transmite e aquele que recebe, sendo agora utilizado para se referir aos meios de comunicação social. Portanto, como podemos observar, as mídias são, de fato, aquelas que se colocam no meio, são mediadoras entre o transmissor e receptor.

Com os prodigiosos avanços apresentados acima, nascia pouco a pouco uma máquina que posteriormente seria batizada com o nome de computador:

---
3. Ibid., 44.

Os engenheiros do IBM (International Business Machines Corporation), que em 1944 completaram a Harvard Mark, a primeira calculadora automática, jamais pensavam que a tecnologia criada por eles terminaria por mudar o modo de se comunicar, de trabalhar e, por fim, de amar de seus netos. E ainda, após setenta anos, aquilo que em 1944 era um computador de mais de 15 metros de comprimento e 5 toneladas de peso seria transformado em um microprocessador de apenas 10 gramas, presente na maior parte dos objetos de uso quotidiano: do computador pessoal à televisão, do leitor de mp3 ao telefone celular[4].

Segundo Castells (2011) e Nicolaci-Da-Costa (2002), a criação do computador foi a maior invenção histórica desde a primeira Revolução Industrial. Os primeiros computadores, que eram máquinas enormes e de uso complexo, eram restritos a apenas alguns poucos especialistas. Após as Guerras Mundiais do século passado, os investimentos no mundo das tecnologias da computação aumentaram, principalmente por parte de governos de países de primeiro mundo como os Estados Unidos. A Guerra Fria, entre os Estados Unidos e

---

4. Riva, G., *I social network*, Bologna, Il Mulino, 2010, 37.

a União Soviética, foi um dos componentes impulsionadores do investimento na tecnologia com vistas à produção de computadores mais leves e velozes, principalmente porque isso se atrelava a interesses nas expedições espaciais e na utilização de aeronaves militares.

Foi somente entre as décadas de 1950 e 1960 que teve início a consolidação da televisão, do rádio e dos telefones fixos. Desse modo, as famílias começaram a criar o hábito de assistir TV (que reuniu em um só aparelho doméstico características próprias do cinema, do rádio e da mídia impressa). Nesse sentido, vale a pena recordar MacLuhan (1990), que afirma, segundo sua teoria da substituição, que cada novo meio de comunicação tem a tendência de assumir em si muitas das funções exercidas pelas mídias precedentes.

Com tal consolidação e suas consequências, a Igreja logo preocupou-se em oferecer orientações para o "reto uso destes meios" através do decreto escrito por Paulo VI, *Inter Mirifica*, no qual o Papa reconhecia a valiosa ajuda desses meios ao gênero humano, e não só os acolhia positivamente como instrumentos úteis para a proclamação do Evangelho, mas também valorizava o seu caráter educativo e recreativo. Porém, advertia que tais meios podiam também "converter-se" em meios da sua própria ruína; mais ainda, "[a Igreja]", afirmava Paulo VI, "sente uma maternal angústia pelos danos que, com o seu mau uso, se têm infligido, com demasiada frequência, à sociedade humana"[5].

Com pertinente preocupação da parte da Igreja com a educação moral, principalmente dos jovens que, por causa dos novos meios de comunicação, pouco a pouco deixavam de ter os pais e o lar como pontos preferenciais de referência educativa, o documento ainda exortava:

> Os destinatários, sobretudo os jovens, procurem acostumar-se a ser moderados e disciplinados no uso destes meios; ponham, além disso, empenho em entenderem bem o que ouvem, leem e veem; dialoguem com educadores e peritos na matéria e aprendam a formar um reto juízo. Recordem os pais que é seu dever vigiar cuidadosamente para que espetáculos, leituras e coisas parecidas que possam ofender a fé ou os bons costumes não entrem no lar, e para que os seus filhos não os vejam noutra parte[6].

Portanto, consolidava-se, pouco a pouco, também a comunicação de massa, de modo que, principalmente nas últimas décadas do século XX, o consumo público

---
5. PAULO VI, *Inter Mirifica*, 1966, 2.
6. Ibid., 10.

passou para a esfera privada. Com os programas de entretenimento, documentários e noticiários, era já possível detectar a realidade da aldeia global[7]. No sentido antropológico/social, houve uma mudança significativa no que diz respeito às populações heterogêneas, que começaram a acessar as tecnologias de informação e passaram a ter sentimentos coletivos mais evidentes. As relações interpessoais começaram também a vencer as longas distâncias por meio do acesso ao telefone fixo. Com a produção automobilística e a abertura de estradas, facilitou-se a locomoção, as viagens e o encontro entre diferentes culturas. O carro particular que levava as pessoas ao trabalho também permitiu o acesso aos locais privilegiados de consumo: os *shopping centers*[8].

Castells (2011) afirma que, no mesmo ano da chegada do ser humano à lua, foi criado o protótipo da *internet*. Aquilo que chamamos de "rede" foi exatamente o resultado de um projeto da Agência de Projetos de Pesquisas Avançadas – ou, em inglês, *Advanced Research Projects Agency* (ARPA), subordinada ao Departamento de Defesa dos Estados Unidos –, desenvolvido

---
7. McLuhan, M., *The Gutenberg galaxy: the making of typographic man*, Toronto, The University of Toronto Press, 1962. Id., *War and peace in the global village*, New York, Bantam, 1968.
8. Miskolci, R., *Desejos digitais: Uma análise sociológica da busca por parceiros on-line*, Apple Books, 2017.

em pleno clima de Guerra Fria. A rede, que então se chamava ARPANET, nascia com o objetivo de criar um sistema de comunicação sem centros de controle e resistente a ataques nucleares. Enquanto a ARPANET se reservava ao uso estritamente científico, a rede MILNET foi destinada ao uso militar até o final da década de 1980, quando então a ARPANET passou a ser chamada INTERNET, sob o controle do Departamento de Defesa dos Estados Unidos.

No entanto, em 1995, uma mudança significativa ocorreu: trata-se da transferência da *internet* para o setor privado. O sociólogo brasileiro Richard Miskolci (2017) afirma que a expansão da *internet* foi possível devido a dois fatores: o primeiro foi a existência de computadores pessoais com preços acessíveis, devido à produção de peças em países orientais; e o segundo fator foi o avanço das tecnologias de comunicação, com a modernização do telefone celular e do *smartphone*.

Segundo uma pesquisa realizada no Brasil pelo Instituto Brasileiro de Geografia e Estatística (IBGE), em 2019, com pessoas a partir de 10 anos de idade, pelo menos 98% dos consultados acessavam a *internet* por meio do telefone móvel celular, enquanto somente 31,9% deles assistiam televisão. Neste sentido, o uso do aparelho celular é comprovado pelas estatísticas brasileiras. Assim, essa "nova calculadora eletrônica", que pesa somente alguns gramas, possibilitou a conexão e a interatividade de um indivíduo com o mundo[9].

Ainda segundo Miskolci, foi o encontro do *personal computer* (PC) com o telefone celular que possibilitou a disseminação da *internet*. O termo "computador" vem do latim *computare*: comparar dados com o fim de extrair-lhes um resultado definitivo. Mas a atividade do computador, que inicialmente dizia respeito somente a operações de cálculo, mudou: de calculadora eletrônica, se transformou em um novo meio de comunicação. Desse modo, primeiro as classes privilegiadas economicamente e depois aquelas mais populares começaram a criar redes a partir de seus próprios interesses. Enquanto as chamadas mídias tradicionais (rádio e TV) produziam conteúdo ao expectador que permanecia passivo diante de tais instrumentos, o advento da *internet* possibilitou a interação, principalmente com a chegada da *web* 2.0.

---

9. Dados do IBGE, disponíveis em: <https://educa.ibge.gov.br/jovens/materias-especiais/20787-uso-de-internet-televisao-e-celular-no-brasil.html>. Acesso em: 20 jun. 2022.

2. A *web* 2.0 e os *prosumers*

A *internet*, que, como vimos, dos laboratórios científicos passou a habitar os lares, foi se transformando, pouco a pouco, em instrumento de comunicação. Assim, com o rápido avanço tecnológico, a experiência de rede, que estava restrita à mensagem de texto como uma simples máquina de escrever, graças à *web*, deu lugar à multimidialidade, o que também favoreceu a transformação da *internet* em um meio de comunicação de massa[10].

O conceito de comunicação de massa se refere aos meios que criam um patrimônio de conhecimento coletivo, que também pode ser chamado de cultura de massa. Nesse sentido, a *internet* é acrescentada por último a esse processo, permitindo que grande parcela da população se conecte entre si e, através da grande rede, esteja em contato com instituições e organizações. Mas aqui é importante também sublinhar que o conceito de massa não pode ser concebido como um conjunto de pessoas que se comportam ou pensam mais ou menos do mesmo modo. Esse modo de conceber a massa não existe mais, justamente porque houve um processo repentino de desagregação e de

---

10. RIVA, op. cit., 37.

sedimentação que a substituiu por novas formas de socialização *online*[11]. Esse novo tipo de socialização torna-se ainda mais evidente com a chegada da *web* 2.0. O termo *web* 2.0 foi introduzido no ano de 2004 pela O'Reilly Media, uma grande editora estadunidense, como título para uma série de conferências que tinha por argumento a apresentação de uma nova geração de serviços de *internet*. Essa geração de serviços introduzia a ênfase na colaboração *online* e no compartilhamento de conteúdos entre os usuários[12].

O sociólogo Henry Jenkins (2016, *online*) apresenta algumas definições de termos que nos podem ser úteis para a compreensão do fenômeno midiático dos últimos anos, decorrente do advento da *web* 2.0:

1. "Inovativo": ou seja, as novas tecnologias estão inseridas dentro de um contínuo e rápido processo de desenvolvimento e inovações.
2. "Convergente": por convergência, Jenkins não compartilha a ideia de que o termo esteja relacionado a um processo tecnológico inerente simplesmente às múltiplas funções que podem oferecer um único aparelho. Como estudioso do tema, ele afirma que a

---

11. STELLA, R.; RIVA, C.; SCARCELLI, C. M.; DRUSIAN, M., *Sociologia dei new media*, Novara, UTET, 2018, 16.
12. RIVA, op. cit., 56.

convergência representa uma transformação cultural, porque, com a tecnologia, os consumidores são incentivados a procurar novas informações e a fazer conexões em meio a conteúdos de mídias diferentes:

> A convergência não ocorre por meio de aparelhos, por mais sofisticados que venham a ser. A convergência ocorre dentro dos cérebros de consumidores individuais e em suas interações sociais com outros. Cada um de nós constrói a própria mitologia pessoal, a partir de pedaços e fragmentos de informações extraídos do fluxo midiático e transformados em recursos através dos quais compreendemos nossa vida cotidiana. Por haver mais informações sobre determinado assunto do que alguém possa guardar na cabeça, há um incentivo extra para que conversemos entre nós sobre a mídia que consumimos. Essas conversas geram um burburinho cada vez mais valorizado pelo mercado das mídias. O consumo tornou-se um processo coletivo[13].

3. "Quotidiano": as novas mídias passaram a fazer parte do dia a dia das pessoas.

---
13. JENKINS, H., *Cultura da Convergência*, Le Livros, 2009.

4. "Interativo": permite-se a criatividade do usuário, ou seja, ele pode ser um criador de conteúdos de modo simples e imediato.
5. "Participativo": de modo quase intuitivo, o usuário compartilha seus conteúdos e recebe de outros.
6. "Global": as novas mídias permitem relacionar-se com qualquer pessoa no planeta, para além dos limites espaciais.
7. "Geracional": marca um antes e um depois geracionais. Aqui recordamos que os que nasceram após as mídias digitais são reconhecidos como "nativos digitais".
8. "Desigual": por ser geracional, existe uma real divisão entre as gerações. Vale a pena registrar que, principalmente durante a pandemia da covid-19, no caso particular da necessária adequação das universidades às aulas através das plataformas *online*, alguns estudantes e professores, principalmente os mais idosos, tiveram dificuldades de se adaptar às técnicas, linguagens e pedagogias próprias das novas mídias. Em alguns casos, fala-se até mesmo de analfabetismo digital.

É graças a esses serviços que se apresentam as possibilidades de interatividade através de compartilhamentos de conteúdos de multimídia. Deste modo, os usuários podem também transformar-se em *prosumers*, ou seja, são capazes de consumir e também produzir textos, imagens, vídeos, e compartilhá-los em redes sociais, também recebendo *feedbacks* através de comentários. A palavra *prosumer* reúne produtor e consumidor[14]. Assim, o usuário que adere às redes sociais não é passivo, um mero espectador, mas assume um certo papel de protagonismo. E essa realidade não depende do seu papel público ou da sua formação intelectual ou profissional, mas da sua capacidade de produzir o vídeo/texto/*podcast* para envolver os outros dentro do conteúdo apresentado e exibido em plataformas sociais. Exemplos disso são os inúmeros vídeos amadores que circulam nas redes de forma viral. Não dificilmente os criadores de conteúdos conseguem engajamento e se transformam em influenciadores digitais. A utilização de redes sociais, nesse sentido, produz um sentimento de protagonismo no *prosumer* e, com isso, ainda que limitado, um sentimento de autorrealização.

Sobre essa autorrealização da parte dos *prosumers*, o sociólogo da comunicação Greg Goldberg reitera, seguindo Ritzer e Jurgenson, que os produtores de conteúdo ultrapassam o interesse de ordem econômica, ou seja, realizam-se no que fazem:

---

14. Cf. STELLA, R.; RIVA, C.; SCARCELLI, C. M.; DRUSIAN, M., op. cit.

Amor a delivery?

Embora os estudiosos concordem, em grande parte, quanto ao fato de que as práticas lúdicas e participativas produzem valor econômico, há muito debate, ou melhor, uma espécie de auto escrutínio, a respeito da natureza agradável e divertida dessas práticas, o que pode sugerir que aqueles que se dedicam a elas não são de fato explorados. Como Ritzer e Jurgenson escrevem a respeito da presunção: "A ideia de que o *prosumer* é explorado é contrariada, entre outras coisas, pelo fato de que os *prosumers* parecem gostar, até mesmo amar, o que estão fazendo e estão dispostos a dedicar longas horas a ele sem remuneração"[15].

3. A cultura digital e a modificação do cotidiano e das relações interpessoais

> Digital é tudo aquilo que diz respeito aos dedos e que, com isso, desde tempos imemoriais, conta[16].

---

15. GOLDBERG, G., *Antisocial Media: Anxious Labor in the Digital economy*, New York, New York University Press, 2018, 50.
16. CANTELMI, T.; CARPINO, V., *Amore tecnoliquido: l'evoluzione dei rapporti interpersonali tra social, cybersex e intelligenza artificiale*, Milano, FrancoAngeli, 2020, 12.

Com o advento da *web* 2.0 e, junto a ela, da velocidade da *internet* proporcionada pela banda larga, e assim também com a chegada das câmeras digitais e da acessibilidade a equipamentos móveis como o telefone celular inteligente (*smartphone*), o cotidiano deixou de ser separado entre *online* e *offline*. Tal dicotomia parece ter sido superada. A conexão definitivamente faz parte do cotidiano de grande parte da população mundial, mesmo daquela pertencente a países em desenvolvimento. Pelo menos no Brasil, que é um desses países, de acordo com o Instituto Brasileiro de Geografia e Estatística (IBGE)[17], em 2019, a *internet* fazia parte de pelo menos 82,7% dos lares brasileiros, especialmente através do *smartphone*. Há uma forte variação regional no acesso, principalmente nas zonas rurais e nas regiões mais pobres do país, como as regiões Norte e Nordeste. Nesse sentido, podemos afirmar que o cotidiano sofreu significativas transformações com modos alternativos de relacionar-se e com regras próprias. Assim, pelo menos no Brasil, têm-se consolidado cada vez mais as "relações *online*".

Um dos fatores que contribuíram para a disseminação da cultura que chamamos digital foi o barateamento dos computadores portáteis e *smartphones*. Esses equipamentos possibilitaram a locomoção dos usuários.

---

17. Dados do IBGE, disponíveis em: <https://educa.ibge.gov.br/jovens/materias-especiais/20787-uso-de-internet-televisao-e-celular-no-brasil.html>.

Ou seja, utilizar os serviços informáticos ou mesmo acessar a *internet*, deixou de significar a inércia de ficar parado diante de um computador ou mesmo a estabilidade de um telefone com fio. Desse modo, utilizando a terminologia de Castells, a conectividade ficou perpétua, e isso levou muitos pesquisadores das novas tecnologias a afirmar que estamos em uma era digital. De certo modo, é possível afirmar que, com a inserção da conexão *wi-fi* e com os planos acessíveis de conexão à *internet*, o *smartphone* ultrapassou as barreiras de sua própria definição como simples receptor e realizador de chamadas: é máquina fotográfica, câmera de vídeo, dispositivo para ler, assistir filmes, ouvir canções e até mesmo para entreter-se com jogos eletrônicos.

É importante também considerar que as evoluções tecnológicas estão totalmente conectadas com as aspirações e necessidades humanas. Essas inovações são resultado de uma busca incessante que o ser humano vive, no que diz respeito a sua emancipação como sujeito criador de história, e da ânsia pela superação de seus próprios limites. Assim, "a passagem do navegador ao telefone móvel e a definitiva ascensão das redes sociais mudaram a modalidade de socialização entre as pessoas, criando novas necessidades. 'Tudo e imediatamente'"[18].

---

18. TEDESCHI, L., *Media digitali e applicazioni di incontro: Un esempio di lettura sulla questione identitaria nell'ambito degli Internet Studies*, In Riga edizioni, 2019, 150.

Nesse sentido, vale também elencar a consideração de Miskolci sobre a relação entre a evolução tecnológica, as demandas existentes e a mudança antropológica gerada por tal evolução:

> Como apontado por vários pesquisadores e pesquisadoras (Baym, 2010; Castells, 2011; Nicolaci-Da-Costa, 2002), há evidências históricas de que transformações tecnológicas surgem para atender às demandas existentes, mas essas mesmas tecnologias passam a transformar os sujeitos que as usam, bem como suas práticas[19].

E ter essa consciência é fundamental para compreendermos o interno da cultura digital.

A evolução das tecnologias das redes telefônicas, da qual dependiam os computadores, foi superada pela chegada das conexões *wi-fi* (*wireless fidelity*) que permitiu o desenvolvimento de computadores portáteis e *smartphones*. Em 2009, uma inovação permitiu ainda mais a consolidação da conectividade perpétua: o GPS (*Global Positioning System*, ou sistema de posicionamento global), que abriu as portas para a chegada dos aplicativos de relacionamento.

---

19. MISKOLCI, R., *Desejos digitais: Uma análise sociológica da busca por parceiros on-line*, Apple Books, 2017.

Segundo a socióloga Larissa Pelúcio, a portabilidade, o uso intensificado de *smartphones* e de "radares" como o GPS, que são capazes de localizar pessoas que os usam ou mesmo aparelhos que estejam conectados, têm provocado novas reflexões relativas às formas contemporâneas de se constituir laços afetivos nos espaços das cidades midiatizadas. Pelúcio toma ainda o conceito de *media city*, de Scott McQuire, que se trata de um espaço relacional criado pelas mídias digitais e que ganha massa e centralidade na vida social.

Talvez esta seja uma das mais significativas mudanças com impactos para as sociabilidades no campo da comunicação digital desde o advento, no início do século, da *web* 2.0. Para José van Dijck, é depois disso que a *internet* se torna "mais social" (Dijck, 2013, 04). É quando, ainda segundo este autor, o termo "mídias sociais" passa a ser largamente usado e ganha o seu sentido contemporâneo[20].

Nesse sentido, Castells, que fala do poder "onipresente" que a conectividade nos proporcionou através do uso dos dispositivos móveis, inovou não tanto quanto

---

20. PELÚCIO, L., Afetos, mercado e masculinidades: notas iniciais de uma pesquisa em aplicativos móveis para relacionamentos afetivos/sexuais, *Contemporânea – Revista de Sociologia da UFSCar*, v. 6, n. 2 (2016), 327.

à terminologia referente à mobilidade, mas quanto à ênfase dada à conectividade:

> Com a disseminação do acesso sem fio à *internet*, de redes de computadores e de sistemas de informação em praticamente todos os lugares, a comunicação móvel é mais bem definida por sua capacidade de fornecer conectividade onipresente e permanente do que por seu uso potencial em condições móveis[21].

Sobre esse sentimento de onipresença, Miskolci afirma:

> Vivemos em um mundo em que as relações são crescentemente mediadas tecnologicamente, o que torna patente a falácia da oposição real/virtual, e cada vez mais clara a existência de um contínuo *online/offline*. Oposições entre privado e público, subjetividade e vida coletiva parecem estar sendo progressivamente erodidas sem que tenhamos cunhado um novo vocabulário analítico a partir do qual possamos compreender nosso novo contexto e a nós mesmos[22].

---
21. CASTELLS et al., *Mobile communication e trasformazione sociale*, Milano, Guerini e Associati, 2008, 264.
22. MISKOLCI, op. cit.

A superação de tais oposições, segundo Miskolci, só pode ser contemplada porque houve uma passagem significante das mídias analógicas para aquelas digitais. É interessante também notar que "a palavra 'digital' se refere ao dedo (*digitus*), que – acima de tudo – conta. A cultura digital, nesse sentido, é baseada no dedo que conta"[23]. O termo digital indica também o modo como, graças ao uso de determinadas tecnologias, os sons, as imagens e, em geral, cada grandeza física passam a ser decompostos e homogeneizados, reconduzidos a uma sequência binária de 0 e 1. Ou seja, em cada sinal é reportada essa sequência numérica, codificada sobre sua base e transformada em um pacote de dados. As consequências de tal digitalização são concretas: se antes havia necessidade de discos de vinil ou CDs para escutar uma canção, ou do filme de câmera fotográfica para tirar fotos, com a digitalização, todo esse conteúdo é convertido em sequências numéricas ou dígitos.

Digital, neste sentido, não é uma definição técnica, mas uma caracterização de nosso mundo como marcado pela conexão por meio de tecnologias comunicacionais contemporâneas que se definem

---

23. CHUL-HAN, B., *Nello sciame: visioni del digitale*, Roma, Nottetempo, 2015.

cotidianamente como digitais e que envolvem o suporte material de equipamentos como *notebooks*, *tablets* e *smartphones*, bem como diferentes tipos de rede de acesso, de conteúdos compartilháveis e, por fim, mas não menos importante, de plataformas de conectividade. Em termos sociológicos, o que define nossa era é a conexão em rede por meios comunicacionais tecnológicos. Digital, portanto, se opõe ao analógico, enfatizando o aprimoramento tecnológico, enquanto a conexão em rede por meio de plataformas enfatiza a maneira como se constroem relações sociais[24].

Desse modo, nasce uma nova cultura, a digital, que pode ser conceituada como um conjunto de transformações que dizem respeito seja ao agir coletivo, isto é, o modo como organizações e instituições incorporam as novas tecnologias e se adaptam, seja ao agir individual, que diz respeito à mudança das relações entre as pessoas, possibilitada pelas novas mídias. Trata-se de uma cultura porque é transmissível, acumulável, capaz de autotransformar-se e adaptar-se diante das exigências técnicas e sociais. Tal cultura se sobrepõe e se integra a linguagens absorvidas,

---

24. MISKOLCI, op. cit.

apropria-se delas e, desse modo, ela mesma se torna uma linguagem[25].

Nesse sentido, uma das características da cultura digital é a de possibilitar-nos a comunicação com qualquer pessoa no planeta desde que tenhamos duas competências: conhecer uma língua franca, como o inglês[26], e saber como se usa o equipamento que se tem em mãos. Uma das especificidades das novas mídias na era digital é justamente a de dar aos utentes a capacidade de exprimir-se. Na mesma linha segue Negroponte (1999), que afirma que uma das características principais da era digital é que nela o indivíduo, que outrora era anônimo, agora assume um papel público.

No entanto, é também verdade que as mídias digitais não podem ser vistas de modo ingênuo: elas seguem as normas do modelo econômico vigente, ou seja, o capitalismo. Por essa razão, "são espaços comerciais, em que seus usuários são bombardeados por imagens e modelos midiáticos que trazem consigo padrões corporais, formas de subjetivação e uma crescente segmentação erótica"[27].

---
25. STELLA, R.; RIVA, C.; SCARCELLI, C. M.; DRUSIAN, M., op. cit., 23-25.
26. É preciso considerar que, atualmente, com os avanços oferecidos pela IA (Inteligência Artificial) é possível comunicar-se em qualquer idioma com tradução simultânea.
27. MISKOLCI, op. cit.

4. As redes sociais: um espaço de encontro?

Como já afirmava Aristóteles, o homem é um ser social. E é precisamente por isso que ele se realiza através da experiência social. O ser humano só compreende a si próprio através dos outros e interagindo com outros. Ele nunca é uma ilha – mesmo se, por vezes, sente a necessidade de experimentar a solidão –, mas está sempre em relação com outros, precisa dos outros, ou seja, constrói a sua identidade social. Em sua ação de existir, determina a sua posição dentro do grupo social e elabora a sua rede social, a sua rede de amigos e conhecidos, aqueles com os quais deseja desenvolver a sua experiência social. É nesse sentido que o desenvolvimento da *internet* oferece ao homem a oportunidade de expandir a sua rede de amigos e conhecidos através das redes sociais. Essas redes permitem ao ser humano experienciar a superação dos limites de tempo e espaço que outrora lhe impunham mais condições. Assim,

> a *internet* trouxe para todos os usuários a possibilidade de criar relações que transcendem o espaço. Com a localização compartilhada, o espaço perdeu o *status* de pré-requisito para o primeiro encontro. A gama de relações com potenciais parceiros se expandiu de forma jamais vista em momentos precedentes da história[28].

---

28. Baym, N., *Personal Connections in the Digital Age*, Cambridge, Polity Press, 2010, 100-101.

Um exemplo de tal realidade é descrito por Aziz Ansari[29], que fez uma minuciosa investigação sobre a evolução dos relacionamentos, principalmente no que diz respeito aos últimos cem anos, nos Estados Unidos. Uma das suas primeiras constatações foi uma mudança sob a ótica geográfica. Citando uma pesquisa realizada em 1932 pelo sociólogo James Bossard, que examinou cerca de cinco mil certidões de casamento consecutivas nos arquivos da cidade de Filadélfia, um terço dos casais da amostra morava a uma distância de no máximo cinco quarteirões um do outro. A cada seis casais, pelo menos um morava no mesmo quarteirão; e, a cada oito casais, um morava no mesmo prédio.

Com o advento da *internet*, as mudanças geográficas no campo dos encontros e relacionamentos alteraram-se significativamente. Um estudo realizado pelo sociólogo Michael Rosenfeld, da Universidade de Stanford, que se dedicou a documentar os relacionamentos que nasceram através da *internet*, parece-nos relevante para compreender como houve uma ascensão desta em detrimento de outros meios de interação entre as pessoas. A pesquisa teve abrangência nacional e contou com a participação de pelo menos quatro mil estadunidenses heterossexuais de todas as idades. Entre estes,

---
29. ANSARI, A., *Romance moderno: uma investigação sobre relacionamentos na era digital*, São Paulo, Schwarcz, 2015.

75% eram casados, e 25% deles, solteiros. Como havia uma diferença grande de idades na amostra, é possível ver os dados a partir de 1940 até 2010. Olhando para os resultados, a partir do gráfico da página seguinte[30], é possível ver a grande ascensão da porcentagem de pessoas que se conheceram pela *internet* a partir dos finais dos anos 90 do século passado, bem como uma pequena ascensão da porcentagem dos que se conheceram em bares ou restaurantes. Mas é igualmente significativo o declínio da porcentagem dos que se conheceram através de familiares ou mesmo de amigos, sem contar a quase insignificante presença da Igreja, que no passado foi um importante veículo de conhecimento entre os casais e que nos últimos anos parece ter diminuído[31].

A grande novidade é que, se antes, para construir a sua rede de amigos, o sujeito tinha o condicionamento do tempo/espaço, agora esses condicionamentos diminuíram. E as possibilidades de escolhas afetivas

---

30. Disponível em: <www.data.stanford.edu/hcmst>.
31. Em relação a este aspecto da busca por parceiros em igrejas, é preciso considerar um fenômeno que atualmente parece estar ocorrendo no Brasil, principalmente em igrejas evangélicas. Alguns pesquisadores até se perguntam se estas igrejas poderiam ser uma alternativa a aplicativos de relacionamento. Cf. SPYER, J., As igrejas são uma alternativa ao Tinder?, *Folha de São Paulo*, 03 jun. 2024, disponível em: <https://www1.folha.uol.com.br/colunas/juliano-spyer/2024/06/igrejas-sao-alternativa-ao-tinder.shtml>. Acesso em: 28 jun. 2024.

aumentaram incrivelmente, como em um mercado. Dessa forma, as redes sociais tornaram-se não só um lugar de troca de informações, mas também de relações, reuniões e comparações.

COMO AMERICANOS HETEROSSEXUAIS CONHECEM SEU PARCEIRO, 1940-2010

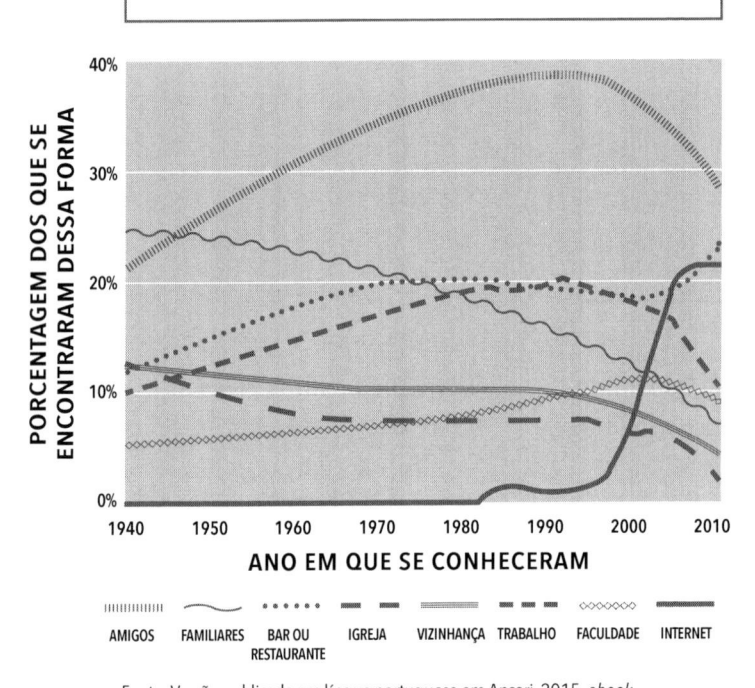

Eixo Y: PORCENTAGEM DOS QUE SE ENCONTRARAM DESSA FORMA (0% – 40%)
Eixo X: ANO EM QUE SE CONHECERAM (1940 – 2010)

Legenda: AMIGOS, FAMILIARES, BAR OU RESTAURANTE, IGREJA, VIZINHANÇA, TRABALHO, FACULDADE, INTERNET

Fonte: Versão publicada em língua portuguesa em Ansari, 2015, *ebook*.

A inflexão trazida pelo advento das novas tecnologias comunicacionais em rede não é apenas tecnológica e midiática, mas também social, já que modifica profundamente nossos horizontes aspiracionais, desejos e, inclusive, como não poderia deixar de ser, nossas relações interpessoais[32].

É interessante também constatar a relação que existe entre a produção de tecnologia e os períodos históricos e políticos das sociedades:

"As máquinas são sociais antes de serem técnicas"; isso significa dizer que "há uma tecnologia humana antes de haver uma tecnologia material" (Deuze, 2005, 49), ou seja, para cada período histórico existem tecnologias – máquinas, aparatos técnicos – que são produtos de uma organização histórica, política e cultural específica e das relações de poder que aí existem. Não são os aparatos técnicos que determinam quem somos e como somos; existem, sim, máquinas que se articulam com os contextos históricos e políticos de uma dada cultura, tanto para responder às urgências aí colocadas quanto para oportunizar novos modos de produção de subjetividade[33].

---
32. MISKOLCI, op. cit.
33. ZAGO, L. F. et al., Convites e tocaias – Considerações metodológicas sobre pesquisas em sites de relacionamento, in: *Emaranhado da Rede – gênero, sexualidade e mídia: desafios metodológicos do presente*, São Paulo, Annablume Queer, 2015, 51.

É nesse sentido que as redes sociais são também consequências de uma sociedade na qual a expressão da subjetividade e da individualidade possui um lugar singular. Riva faz uma distinção entre *social networking* e *social network* que vale a pena considerar. Para o autor, *social networking* é um meio de apoio à rede social (organização e extensão), meio de expressão da própria identidade social (descrição e definição) e meio de análise da identidade social dos outros (exploração e comparação). Por extensão, podemos definir *social network* como uma plataforma baseada em novas mídias que permitem ao utilizador gerir tanto a sua rede social (organização, extensão, exploração e comparação) como a sua identidade social (descrição, definição). Riva também chama a atenção para estes dois aspectos, que podemos considerar ao serem apresentados através de duas dimensões: a subjetiva (o sujeito utilizando redes sociais) e a objetiva (a plataforma e a comparação com outras que ela oferece).

É também interessante considerar o conceito de Castells sobre a realidade das redes sociais,

[...] cuja estrutura social gira em torno das redes ativadas pelas tecnologias da informação e da comunicação. As estruturas sociais são os arranjos organizacionais dos seres humanos que entram em relações de produção, consumo, reprodução e experiência [...][34].

Livingstone e Helsper, ao dissertar não especificamente sobre redes sociais, mas sobre novos meios de comunicação, trazem uma definição destes que, no entanto, também poderia ser aplicada àquelas: "os artefatos ou dispositivos utilizados para comunicar ou transmitir significado; as atividades e práticas em que os indivíduos comunicam ou partilham informações; a organização social ou formas organizacionais que se desenvolvem em torno dos dispositivos e práticas"[35].

Ao elucidar o conceito de rede social, Riva propõe três aspectos que, segundo ele, compõem uma rede social. O primeiro aspecto é a presença de um espaço virtual, ou seja, uma espécie de fórum em que a interatividade, a discussão e o confronto têm lugar. O segundo aspecto, a possibilidade de criar uma lista de outros utilizadores. E, por último, a possibilidade de analisar certas características da própria rede. "As pessoas podiam contatar umas às outras e se agregar a grupos

---

34. CASTELLS, M., *A sociedade em rede. A era da informação: Economia, sociedade e cultura*, São Paulo, Paz e Terra, 2011.

35. LIVINGSTONE, S.; HELSPER, E., Gradations in Digital Inclusion: Children, Young people and the Digital divide, in: *New Media & Society*, v. 9, n. 4, 2007, 671-696.

de notícias e listas de contatos, mas as próprias relações humanas eram invisíveis para a *web*. Agora, no entanto, são as relações entre indivíduos que estão a emergir."[36] Miskolci, refletindo sobre essa realidade complexa dos novos tipos de relações introduzidos pelas novas mídias e sobre a diferença entre estas e as mídias de massa, afirma:

> As mídias de massa – das quais são exemplos o cinema e a televisão – eram predominantemente mídias verticais, que vinham "de cima para baixo" e permitiam pouca interatividade. Nesse contexto, as pessoas se identificavam e emulavam seus ídolos. Nas mídias digitais – *internet* e afins – o que predomina é a horizontalidade das relações, nas quais todos interagem. Assim, nelas as pessoas sentem-se aptas a construir sua própria *persona* para uma audiência segmentada[37].

Todos esses conceitos podem nos ajudar a compreender não somente em que consistem essas redes, mas também como essas tecnologias tornaram-se

---

36. SPADARO, A., *Cyberteologia: pensare il Cristianesimo al tempo della rete*, Milano, Vita e Pensiero, 2012, 50.
37. MISKOLCI, op. cit.

capazes de ocupar um lugar singular em nosso cotidiano. Desse modo, as redes têm se tornado, mais que meros instrumentos, extensões dos anseios humanos, dos afetos e desejos, da irreprimível sede humana de relações.

5. As relações nas redes sociais

O que acabamos de apresentar nos leva a considerar que as redes sociais desempenham um papel subjetivo e intersubjetivo decisivo em nosso cotidiano. Pois, para além de nos permitir expressar-nos e construir nossa própria identidade, o confronto com o outro nos permite, mesmo que de forma limitada, um certo grau de conhecimento mútuo. Aqui, vale a pena sublinhar que um dos pontos fundamentais da presença dos indivíduos nas redes sociais é a criação de um perfil pessoal. É através deste que se dão os relacionamentos nas redes. Nesse sentido, as relações ou encontros não ocorrem dentro da lógica do contato físico-espacial, ou seja, face a face, mas perfil a perfil. Assim, na relação entre perfis, as identidades são não só limitadas, mas muitas vezes idealizadas e até inventadas. É nesse sentido que as relações sofrem mudanças que não podem ser ignoradas:

Mudam as relações, as amizades, a própria família; mesmo esta sendo fundamental na construção das relações íntimas, não é mais a sede predefinida das relações, que podem ser definidas como fracas, mas, recorda Castells, não por isso as redes são irrelevantes. São fontes de informação, trabalho, prazer, comunicação, compromisso civil e alegria[38].

No entanto, ainda que as redes ofereçam essa multiplicidade de oportunidades e possibilidades, diante das relações afetivas que são construídas nas redes sociais, a socióloga estadunidense Sherry Turkle é cautelosa. Turkle, ao afirmar que a cultura da conexão ainda é jovem e imatura, faz também um alerta sobre a falsa impressão de que as redes nos ofereçam segurança e apoio afetivos diante das vulnerabilidades humanas como, por exemplo, a experiência da solidão:

> A tecnologia é sedutora quando o que ela oferece satisfaz nossas vulnerabilidades humanas; acontece, então, que somos de fato muito vulneráveis. Sentimo-nos solitários, mas temos medo da intimidade: conexões digitais e robôs sociais podem

---

38. STELLA, R.; RIVA, C.; SCARCELLI, C. M.; DRUSIAN, M., op. cit., 42.

oferecer a ilusão de companheirismo sem os compromissos de amizade; nossas vidas em rede nos permitem nos escondermos uns dos outros mesmo enquanto estamos conectados uns aos outros[39].

Ainda segundo a autora, é através da conversa presencial, ou seja, da interação direta e imediata entre indivíduos, que podemos aprender a refletir sobre nós mesmos e a nos compreendermos uns aos outros. Assim, é um fato que as novas tecnologias digitais nos conectem, mas estas não nos permitem realizar a ação de prestar atenção no outro. Não nos conhecemos fisicamente e em profundidade, de modo que as amizades das redes, de fato, podem ser uma ilusão, pois o indivíduo acaba por basear-se:

> [...] na fantasia de ser sempre escutado, de receber atenção sempre, de não estar sozinho jamais. Na verdade, as nossas relações são muito mais complexas que isso, e a extrema simplicidade das amizades nas redes sociais nos faz perder o sentido e até mesmo a capacidade de estarmos sozinhos[40].

---

39. TURKLE, S., *Insieme ma soli: Perché ci aspettiamo sempre più dalla tecnologia e sempre meno dagli altri*, Einaudi, 2019.
40. STELLA, R.; RIVA, C.; SCARCELLI, C. M.; DRUSIAN, M., op. cit., 40.

É preciso também considerar o que adverte o sociólogo Tom Roach, estudioso das relações estabelecidas nas redes e da conexão com a reprodução da lógica capitalista neoliberal: "O amigo em rede acumula contatos como um acumulador de mercadorias"[41].

6. Ciberespaço e desterritorialização

Castells (2008) afirma que o termo ciberespaço é exatamente a sociedade em rede, a aldeia global, que está relacionada a um cenário dinâmico e em um constante fluxo de intercâmbios de informação, de capital e de cultura. Nesse sentido, a rede é caracterizada pelo acesso a serviços, produtos e relações que podem ser encontrados no espaço virtual. Esse novo modo de relação está transformando o cotidiano da sociedade em todos os seus âmbitos.

No entanto, a grande novidade do ciberespaço é a de permitir o nascimento de uma rede global. Porém, podemos constatar uma ambiguidade. Essa mesma rede que conecta o mundo também pode criar desagregação social e até mesmo a perda do sentido de

---

41. ROACH, T., *Screen Love: Queer intimacies in the Grindr Era*, New York, New York University Press, 2021, 154.

pertença local: "As novas mídias digitais apenas reforçam esse novo cenário em que há uma progressiva 'desterritorialização' da sociabilidade anterior"[42]. Segundo a positiva asserção de Riva, o desenvolvimento da *internet* consentiu o alargamento dos confins das próprias redes sociais, levando à criação de um novo espaço social. Assim, cria-se o chamado ciberespaço, que reúne algumas características das redes sociais tradicionais (interação, suporte e controle social), somadas a características próprias da *web* (multimedialidade, criação e compartilhamentos de conteúdos). Graças ao ciberespaço é possível receber na própria rede social também amigos "digitais", ou seja, pessoas nunca antes encontradas pessoalmente.

Scott McQuire problematiza os conceitos de distanciamento e de proximidade espaciais, que passaram a ser substituídos pela "proximidade à distância" e pela criação do que ele chama de "espaço relacional":

> A cidade-mídia alcança massa crítica quando o espaço relacional começa a emergir como dominante culturalmente. Já que o espaço relacional não pode ser definido por atributos essenciais ou qualidades inerentes e estáveis, ele assume significância

---

42. MISKOLCI, op. cit.

basicamente por meio das interconexões estabelecidas entre diferentes núcleos e setores. Tais interconexões são caracterizadas sobretudo por sua variabilidade e impermanência. Como Lash afirma, os antigos laços sociais organizados a partir da proximidade espacial estão sendo substituídos pelos laços comunicacionais que são "à distância" – quer seja comunicação à distância ou pessoas vindo de longe para se encontrar face a face[43].

Existe, assim, um alargamento das relações, e esse dá origem a um problema que, por causa da sua complexidade, diz respeito não só à sociologia e à antropologia, mas também à psicologia.

6.1. Conexão e conectividade

A distinção dos conceitos de conexão e conectividade elaborada pelo sociólogo José van Dijck (2013) parece-nos oportuna para forjar um discurso sobre o campo das relações afetivas e também sexuais mediadas digitalmente. O termo conexão pode ser entendido como um movimento que alimenta a coletividade e a

---
43. McQuire, S., *The Media City: Media, Architecture and Urban Space*, SAGE Publications Ltd, 2008, 23.

democratização do acesso ao conhecimento e, assim, visa a estimular a sociabilidade e também a criatividade daqueles que usam o sistema. Já o termo conectividade diz respeito a um sistema de conexão que trabalha através de algoritmos para estabelecer relações entre os usuários das plataformas digitais e que, desse modo, é motivado por objetivos de negócios e rentabilidade através das plataformas digitais. Nesse sentido, Pelúcio (2016) alimenta a ideia de que, no campo dos relacionamentos mediados pelas plataformas digitais, as duas terminologias entram em contato:

> Trabalho com a hipótese de que, no campo das relações afetivas e sexuais mediadas digitalmente, os/as usuários/as operam na tensão entre conexão e conectividade, pois, ao mesmo tempo que procuram trocar experiências, alargar seu círculo de sociabilidade e experienciar relações prazerosas para as partes envolvidas na relação, operam por meio da "comodização" de si e das relações[44].

Desse modo, com o nascimento dos aplicativos, especialmente dos aplicativos de relacionamento, tal tensão entre conexão e conectividade torna-se ainda mais evidente.

---
44. PELÚCIO, op. cit., 328.

7. Os aplicativos (*apps*)

Os aplicativos (*apps*) podem ser definidos como programas de computador que podem ser utilizados em outros dispositivos móveis, como *smartphones* e *tablets*. Para muitos sociólogos da comunicação, como Couto e colaboradoras (2013), os aplicativos inauguram a *web* 3.0. Eles foram introduzidos pela primeira vez em 2008 pela Apple. Segundo Riva, os aplicativos podem ser caracterizados por quatro diferentes aspectos:

- **A facilitação do uso**: todos os aplicativos compartilham a mesma configuração gráfica e a mesma abordagem dos objetos. Isso significa que podem ser utilizados intuitivamente, sem a leitura de um manual, por exemplo.
- **Dimensão expressiva**: graças a esta, o usuário pode exprimir-se e gerar novos conteúdos (*user-generated contents*).
- **Dimensão comunicativa**: cada novo conteúdo é acessível imediatamente a toda a comunidade da *internet*. E não somente: a indicialização dos conteúdos através da palavra-chave (*tag*) permite individuar mais facilmente os conteúdos relevantes.
- **Dimensão comunitária**: a versão final dos conteúdos é o resultado da interação entre o indivíduo

e uma comunidade de usuários que tem um novo papel ativo no processo de criação de comentários e compartilhamentos.

7.1. A história das buscas afetivas na mídia e o nascimento dos aplicativos de relacionamento

A história das buscas afetivas através de uma mídia remonta ao século XVIII com os anúncios casamenteiros, os quais se tornaram um negócio lucrativo para os jornais da época. Nas décadas de 1980 e 1990, antes da aparição dos *websites* de relacionamentos nos Estados Unidos, os solteiros, divorciados e afins frequentemente utilizavam as páginas dos jornais denominadas "classificados" para conhecer novas pessoas. Os anúncios eram curtos e começavam com um título atrevido, como "grande e bonita" e "graça sob fogo", para anúncios de mulheres que buscavam por homens, ou, por exemplo, "desesperado" e "caça à raposa", para anúncios de homens que buscavam mulheres. O valor do pagamento da publicação era calculado de acordo com o número de linhas que ela ocuparia na página do jornal.

O modo de funcionamento era este: após a publicação dos ditos anúncios na página, a pessoa que se

Amor a delivery?

Fonte: Página dos classificados do jornal mensal estadunidense *Beaver County Times* do mês de novembro de 1994.

interessava fazia uma chamada telefônica, deixava uma mensagem na caixa postal do anunciante e pagava em torno de 1,75 dólar por minuto. O tempo médio das ligações durava em torno de três minutos. O anunciante então ouvia os recados e, se lhe interessava, podia entrar em contato com os pretendentes. Não havia fotos, e no anúncio constava pouquíssima informação[45].

Por volta da década de 1990, a *internet* começou a popularizar-se. Surgiram então os *websites* próprios para a busca por relacionamentos. Um dos primeiros *sites* específicos de buscas por parceiros é o Match.com, que, desde a sua fundação, em 1995, até 2004, recebeu pelo menos 42 milhões de usuários de todo o mundo. Pelo incrível sucesso que obteve, naquele mesmo ano o *website* entrou para o livro dos recordes da *Guinness World* como maior *site* de encontros *online* até então.

Desse modo, os aplicativos de relacionamento nascem dentro de uma cultura de busca de parceiros(as) *online* já existente desde o início da *internet*. São plataformas, utilizadas principalmente em *smartphones* e

---

45. Página dos classificados do jornal mensal estadunidense *Beaver County Times* (ver página anterior), disponível em: <https://news.google.com/newspapers?nid=QLZAdv6BrvsC&dat=19941101&printsec=frontpage&hl=en>. Acesso em: 06 jun. 2022.

tablets, que sintetizam as funcionalidades das antigas salas de bate-papo e de outros *sites* de relacionamento. Laura Tedeschi (2019) apresenta a sua definição de aplicativos de relacionamento a partir de três conceitos: o primeiro é que os aplicativos de relacionamento são, antes de tudo, uma mídia digital, porque pertencem às tecnologias que só foram possíveis devido à digitalização e às convergências de mídias. O segundo conceito diz respeito a sua identidade como um *social network*. E, por último, esses são aplicativos disponíveis e utilizados sobretudo através do *smartphone*.

A descrição de Miskolci do conceito de aplicativos de relacionamento nos parece muito oportuna para introduzir-nos o seu funcionamento:

> Aplicativos são programas disponíveis nas lojas *online* em versões gratuitas ou pagas, no caso das mais completas. Para começar a usá-los, a pessoa os instala em seu dispositivo, cria um perfil com foto e passa a visualizar os outros usuários de acordo com o local em que se encontram. Graças ao GPS, os aplicativos podem mostrar quão próximo alguém está de parceiros em potencial. A interface dos aplicativos costuma ser a do tipo que expõe um conjunto de fotos, cada uma de um usuário. Ao tocar na foto de alguém, é possível ler seu perfil, que

mostra dados como idade, altura, peso, autodescrição e qual é o tipo de pessoa que se procura. Também é possível mandar mensagens privadas para cada usuário e, caso ambos queiram, marcar um encontro pessoalmente[46].

Os aplicativos de relacionamento unem a centralidade estética, ou seja, a do visual, a partir do perfil com foto (os perfis podem ser associados a outras plataformas digitais como o Instagram). Uma das diferenças relevantes para com os modelos anteriores é que os aplicativos de relacionamento possibilitam o envio de mensagens privadas apenas para pessoas de interesse. Tedeschi elabora em poucas palavras seu conceito de aplicativos de relacionamento: "São aplicativos que permitem em tempo real construir um perfil público ou semipúblico e uma lista de conexões, baseando-se em um serviço de localização geográfica"[47]. Nesse sentido, é indispensável o uso da geolocalização (GPS) para possibilitar o reconhecimento da distância entre os parceiros em potencial. "A geolocalização e a portabilidade distinguem os aplicativos dos antigos *sites* e dos bate-papos por incentivarem

---
46. MISKOLCI, op. cit.
47. TEDESCHI, op. cit.

– ou ao menos possibilitarem – a busca por parceiros no espaço público."[48]

Lik Chan (2021)[49], sociólogo que se dedica particularmente a estudar o uso dos aplicativos de relacionamento na realidade chinesa, elabora cinco principais elementos que caracterizam de modo geral tais aplicativos:

Mobilidade: com os aplicativos de relacionamento, os usuários podem ter acesso a inúmeros parceiros em qualquer lugar e a qualquer momento. Essa possibilidade é fundamental para qualquer mídia móvel que dependa de conexões sem fio (*wi-fi*).

Proximidade: o sistema de posicionamento global (GPS) incorporado nos *smartphones* permite que os usuários procurem por outros que estejam fisicamente próximos. Desse modo, as pessoas podem monitorar a localização umas das outras com a ajuda do sistema.

Imediatez: está relacionado ao tempo que leva para se estabelecerem os encontros. Os usuários de aplicativos de relacionamento podem se encontrar

---

48. Miskolci, op. cit.
49. Chan, L. S., *The politics of Dating Apps: Gender, Sexuality and Emergent Publics in Urban China*, Cambridge, The MIT Press, 2021, 16-17.

rapidamente. Esse imediatismo está intimamente relacionado à proximidade física informada ao utilizador, graças ao serviço de GPS.

Autenticidade: isso acontece principalmente quando existe um compartilhamento nos perfis de dados de outras plataformas de mídia social, como o Facebook e o Instagram. Alguns aplicativos de relacionamento verificam as informações dos usuários. Além disso, alguns desses aplicativos revelam quantos amigos seus usuários têm em comum. Essa possibilidade, entretanto, coloca obstáculos ao anonimato e aos perfis *fake*.

Visibilidade: a maioria dos aplicativos de relacionamento oferece um espaço de tela para as fotografias dos usuários. Espera-se que os usuários carreguem uma "foto de perfil" atraente e verossímil. Outros aplicativos permitem que os usuários escrevam informações pessoais de modo mais detalhado.

7.2. *Big Data*, geolocalização e problemas de privacidade

Um outro fator, não menos importante, que deve ser levado em consideração em relação não somente aos aplicativos de relacionamento mas também a outros aplicativos e mesmo às mídias sociais em geral é o forte discurso sobre *Big Data* e o funcionamento dos algoritmos. O dicionário Treccani define *Big Data* como "grandes conjuntos de dados digitais que podem ser rapidamente processados por bancos de dados centralizados". Sabemos que, para as ciências sociais, no âmbito de pesquisas que compreendem os estudos de mídia e comunicação, o conceito de *Big Data* é um dos temas centrais, de modo particular no que diz respeito ao direito de privacidade e aos regulamentos das plataformas das redes sociais. Embora o ambiente do *Big Data* ainda seja escasso de estudos, este vem recebendo uma crescente atenção crítica.

É nesse sentido que a atenção sobre *Big Data* se faz cada vez mais necessária, principalmente no que diz respeito às plataformas digitais. As características técnicas das plataformas de multimídias digitais, dos aplicativos e dos dispositivos resultam da mediação entre os interesses da sociedade (que estimula o oferecimento das plataformas), dos *dataminers* (que exploram os dados gerais dos usuários) e dos usuários entre si. Logo, os *websites* e os aplicativos de relacionamento são complexos e de alta intensidade de dados.

É comum ouvir de estudiosos das mídias sociais a afirmação, por exemplo, de que a plataforma Facebook é um potente aspirador de informações pessoais. Sobre essa realidade, o judeu e historiador Yuval Noah Harari, profetizando uma "história do futuro", alerta sobre os riscos do sutil recolhimento de dados que acontece através das plataformas digitais e redes sociais. Segundo o historiador, "as pessoas querem somente fazer parte do fluxo de dados, ainda que isso signifique renunciar à própria privacidade, à própria autonomia e à própria individualidade"[50].

Harari fala ainda que estão sendo desenvolvidos algoritmos tão superiores que são capazes de utilizar um poder computacional sem precedentes sobre nós, além de elaborar gigantescos arquivos de dados. Desse modo, os algoritmos do Google e do Facebook não somente sabem exatamente como nos sentimos, mas também estão informados a respeito de uma miríade de coisas sobre nós, sem que saibamos. Por consequência, Harari conclui que, dado o imenso conhecimento que as redes têm de nós, proveniente dos algoritmos e do recolhimento de dados, poderíamos até deixar de escutar nossos próprios sentimentos para, ao invés, escutar os algoritmos externos[51].

Com o advento das tecnologias móveis, muitas plataformas da *web* se transformaram em aplicativos que

---

50. HARARI, Y. N., *Homo Deus: Breve storia del futuro*, Roma, Bompiani, 2018, 470.

51. Ibid., 478.

utilizam o serviço de geolocalização, de modo que uma grande quantidade de dados dos usuários é recolhida por empresas privadas, como fotos, informações pessoais, listas de usuários, mensagens privadas trocadas entre usuários, a posição geográfica e até mesmo o tempo que se passa entre a visualização de um perfil e o início da conexão. Segundo Tedeschi, esses dados são recolhidos com as finalidades de:

- otimizar a experiência do usuário;
- personalizar a publicidade ao interno do aplicativo (*ad personam*);
- realizar análises secundárias e terciárias.

No artigo intitulado "Data cultures of mobile dating and hook-up apps: Emerging issues for critical social science research"[52], publicado em 2017, seus autores relatam estudos sobre a quantidade de dados gerados através dos aplicativos de relacionamento utilizando o conceito de *data cultures*, que se descreve como gerativo e dinâmico. Desse modo, o texto explica que o termo "cultura" coloca em evidência a complexidade dos

---

52. ALBURY, K.; BURGESS, J.; LIGHT, B.; RACE, K.; WILKEN, R., Data cultures of mobile dating and hook-up apps: Emerging issues for critical social science research, *Big Data and Society*, v. 4, n. 2 (2017), 1-11.

dados dentro das práticas de encontros que são mediados digitalmente, e sustenta que os dados dos aplicativos de relacionamento ressaltam implicações socioculturais que emergem das tecnologias móveis que são caracterizadas pela geolocalização, gerando implicações que dizem respeito à intimidade e à privacidade. Após fazer uma análise das políticas de privacidade de alguns dos mais expressivos aplicativos de relacionamento, como o Tinder e o Grindr, Burgess e os outros autores chegam à seguinte conclusão: em termos da capacidade do usuário de controlar o contexto no qual as informações de localização são compartilhadas, nenhum dos serviços fornece instruções especialmente detalhadas para os usuários. Tal realidade oferece um grande risco para os usuários, porque estes aceitam as políticas de privacidade desconhecendo os limites e também a finalidade no que diz respeito ao uso dos dados pessoais.

Para as empresas dos aplicativos, a divulgação de localização permitida por seu *app* é significativa porque o acúmulo de informações geocodificadas gera um *pool* de dados rico em informações. Aqui temos, então, um retrato emergente da atividade do usuário tornado possível pela interatividade onipresente baseada na mídia social, que é cada vez mais detalhada e granulada, graças a uma capacidade sem precedentes de capturar e armazenar padrões de interação, movimento, transação e comunicação. O que é produzido através de tais arranjos, argumenta Carlos Barreneche (2012), são formas sofisticadas de "perfil geodemográfico", pelo qual a agregação de dados é usada para segmentar os usuários e permitir inferências sobre eles. Esses dados trazem imenso valor comercial potencial, de forma mais óbvia em relação às possibilidades de publicidade de localização e análise de dados.

Em relação aos abusos e usos indevidos dos dados pessoais e às quebras na política de privacidade, temos, principalmente nos Estados Unidos, vários casos de escândalos, principalmente referentes a membros do clero católico. Em 2021, por exemplo, um membro do clero vinculado à conferência episcopal dos Estados Unidos, teve seus supostos dados pessoais e sua geolocalização recolhidos e publicados no *blog The Pillar* por um grupo de católicos conservadores que denunciava o uso regular do aplicativo Grindr e expunha outras informações pessoais do clérigo. O *The Pillar* afirmou que obteve as informações através de um fornecedor de dados e as teve autenticadas por uma empresa de consultoria externa, mas não ofereceu nenhum detalhe adicional.

Em um artigo publicado na revista *TIME*, Jennifer King, uma bolsista e estudante de política de privacidade e dados do Stanford Institute for Human-Centered Artificial Intelligence, sobre o evento, afirmou: "É um excelente exemplo da falta de proteção de dados nos Estados Unidos da América. Mostra quão baixo é o limiar, se alguém quiser realmente atingir um indivíduo". Em contrapartida, o Grindr negou qualquer possibilidade de vazamento ou mesmo venda de dados. Já o porta-voz do aplicativo disse, em uma declaração à revista *TIME*:

> Não acreditamos que o Grindr seja a fonte dos dados por trás da antiética e homofóbica caça às bruxas do *blog* [*The Pillar*]. Olhamos atentamente para essa história e as peças simplesmente não fazem sentido. O Grindr tem políticas e sistemas em vigor para proteger dados pessoais, e nossos usuários devem continuar a se sentir confiantes e orgulhosos em usar o Grindr independentemente de sua religião, etnia, orientação sexual ou identidade de gênero[53].

Mas esse não é um caso isolado. O aplicativo Grindr tem estado no banco dos réus nos últimos anos por

---

53. CARLISLE, M., How the Alleged Outing of a Catholic Priest Shows the Sorry State of Data Privacy in America, *Time*, 26 jul. 2021, disponível em: <https://time.com/6083323/bishop-pillar-grindr-data/>. Acesso em: 27 mar. 2022.

acusações de vendas de dados de usuários, e foi multado em mais de 11 milhões de dólares pela Noruega. Segundo a acusação, o aplicativo burlou a lei de privacidade europeia por revelar informações de usuários a anunciantes, incluindo detalhes pessoais, como orientação sexual e localização. A multa recebida equivale a 10% da receita anual do Grindr. Em 2018, o aplicativo admitiu ter compartilhado o *status* de HIV dos usuários, juntamente com informações que se referiam a localização, *e-mail* pessoal e detalhes telefônicos, para duas empresas analíticas externas, uma prática que, segundo seus administradores, foi descontinuada.

8. O capitalismo da vigilância

Shoshana Zuboff, professora da Harvard Business School, que estudou profundamente o tema do capitalismo da vigilância e sua conexão intrínseca com o mundo digital, elabora um discurso muito crítico em relação à adesão ingênua da sociedade aos seus serviços. Ela sustenta que a economia das plataformas digitais se baseia no recolhimento e na exploração dos dados pessoais dos usuários, e que, cada vez que nos conectamos ao serviço de *internet*, estamos participando, sem termos consciência e sem darmos nosso consentimento, de um processamento que recolhe os nossos comportamentos e, conhecendo nossas necessidades e estados emocionais, nos enquadra dentro de um comércio personalizado de produtos.

Desse modo, é preciso ainda ressaltar:

> Hoje não é possível falar de "redes sociais" sem considerar seu valor comercial, isto é, sem a consciência de que a revolução real ocorreu quando empresas e instituições compreenderam o potencial estratégico das plataformas sociais, contribuindo para uma rápida consolidação de linguagens e práticas que, ao longo dos anos, transformaram *usuários* em *consumidores*. De resto, os indivíduos são tanto *consumidores* como *produtos:* como consumidores, recebem *publicidades baseadas em dados* e conteúdos patrocinados sob medida. Como produtos, seus perfis e dados são vendidos a outras empresas, tendo em mente o mesmo objetivo. Aderindo às declarações de missão das empresas de redes sociais, as pessoas aceitam também "termos de acordo" que normalmente não leem nem entendem[54].

---

54. DICASTÉRIO PARA A COMUNICAÇÃO, *Rumo à presença plena*, 2023, 13.

Zuboff define capitalismo da vigilância como uma espécie de apropriação da experiência humana que se realiza utilizando-a como matéria prima e transformando-a em dados sobre comportamentos. Ainda que alguns desses dados recolhidos sejam utilizados para a melhoria de serviços e produtos, outros são submetidos a processamentos, como o de inteligência artificial, para serem transformados em produtos preditivos, ou seja, que vigiam os comportamentos e, com base nessas informações, elaboram um conceito de mercado de comportamentos futuros. A pesquisadora afirma ainda que esses processos não somente conhecem os nossos comportamentos, mas também nos formam, e o objetivo é "automatizar-nos", isto é, moldar nossos comportamentos a fim de transformar-nos em meros consumidores submetidos aos interesses dos capitalistas da vigilância.

Para Zuboff, a era do capitalismo digital pode ser equiparada ao vampiro que suga os dados dos usuários da *internet* para fins meramente comerciais:

> O capitalismo de vigilância move-se na direção oposta à antiga utopia digital [...]. Livra-se da ilusão de que a rede pode ter um conteúdo motor inato, e que estar conectado é intrinsecamente pró-social, inerentemente inclusivo ou propício à democratização do conhecimento. A conexão digital se tornou um meio para os fins comerciais de algumas pessoas.

O capitalismo de vigilância é intimamente parasitário e autorreferencial. Ela remete à velha imagem de Karl Marx do capitalismo como um vampiro alimentando-se de trabalho. Há, no entanto, uma reviravolta inesperada. O capitalismo de vigilância não se alimenta de trabalho, mas de todos os aspectos da vida humana[55].

Uma das ilusões do capitalismo da vigilância, apontada ainda por Zuboff, é nos fazer crer que somos seus clientes bem-sucedidos porque desfrutamos dos serviços do mundo digital de modo gratuito, prático e imediato. Porém, para a pesquisadora, não existe uma relação de reciprocidade construtiva entre produtor e consumidor. O que os capitalistas da vigilância simplesmente querem é recolher nossas experiências e comportamentos e transformá-los em pacotes de dados disponíveis para objetivos de outras pessoas:

Não somos os clientes do capitalismo da vigilância. Um velho ditado sustenta: "se é grátis, o produto é você", mas mesmo essa visão está errada. Nós somos a fonte de informação fundamental do capi-

---

55. Zuboff, S., *Il Capitalismo della Sorveglianza: Il futuro dell'umanità nell'era dei nuovi poteri*, Roma, LUISS, 2019.

talismo da vigilância [...]. Os verdadeiros clientes do capitalismo da vigilância são as empresas que operam no mercado dos comportamentos futuros[56].

O sociólogo Greg Goldberg explicita essa mesma lógica considerando a competição de mercado presente no ciberespaço e como os usuários/consumidores participam desse jogo econômico e tornam-se, assim, objetos dessa competição:

> Embora a noção de "ciberespaço" agora pareça um pouco estranha, pode-se entender a competição entre empresas da *web* 2.0 em termos quase espaciais, coloniais, com a *internet* como um território geográfico cujo valor – os recursos naturais capazes, isto é, seus usuários – se tornou objeto de competição entre empresas [...]. Para ser claro, não é simplesmente pela participação no mercado que as empresas estão competindo; os usuários dos serviços e das aplicações em questão não estão simplesmente consumindo um produto preexistente, mas estão participando da própria produção deste produto[57].

---

56. Ibid., 20.
57. GOLDBERG, G., *Antisocial Media: Anxious Labor in the Digital economy*, New York, New York University Press, 2018, 40.

No que diz respeito aos aplicativos de relacionamento, estes são, na verdade, empresas que deram certo com o advento do mundo digital. "Os aplicativos de relacionamento são um produto capitalista. Para sustentar sua operação, as empresas de aplicativos de namoro geram receita de seus usuários."[58] E de fato isso parece ser factível. Quais plataformas, além dos aplicativos de relacionamento, são capazes de conhecer melhor nossas experiências, comportamentos e anseios? Ali podemos acessar, de maneira gratuita, e ao mesmo tempo oferecer, também gratuitamente, uma ótima lista de desejos para o "mercado dos comportamentos futuros", utilizando o conceito de Zuboff.

A comprovação de que os aplicativos de relacionamento tornaram-se um ótimo negócio financeiro pode ser constatada a partir da informação de que eles vêm movimentando uma receita de bilhões a cada ano. Segundo o *website Business of Apps*, especialista em pesquisas estatísticas sobre aplicativos, desde 2015 até 2021 os aplicativos de relacionamento atingiram uma receita que variou entre 1,36 bilhão de dólares e mais de 5,61 bilhões de dólares, sendo que o número de usuários cresceu de 198 milhões em 2015 para 323 milhões em 2021[59].

---

58. CHAN, op. cit., 128.
59. *Business of Apps*, disponível em: <https://www.businessofapps.com/data/dating-app-market/>.

O percurso que realizamos nos permitiu adentrar de modo objetivo, através da sistematização histórica, na cultura digital. Percorremos também alguns aspectos conceituais próprios da era da *internet*, relacionando-os com as transformações sociais que ocorreram, de modo particular, devido ao advento da *internet* e, posteriormente, à digitalização. O conhecimento desses elementos nos ajudou a compreender melhor o contexto desafiador no qual estão inseridos os aplicativos de relacionamento.

Capítulo II

Uma análise do funcionamento dos aplicativos de relacionamento

Neste segundo capítulo, nos propomos a verificar o funcionamento de alguns aplicativos de relacionamento. Trata-se de uma observação que consideramos necessária para compreender o seu mecanismo. Primeiramente, apresentaremos alguns aplicativos de relacionamento de viés religioso e, posteriormente, dois dos aplicativos mais utilizados e que fazem parte da chamada cultura "*hookup*".

Amor a delivery?

Além das informações coletadas através dos perfis, exploramos também aquelas fornecidas pelos *websites* dos próprios aplicativos. Reconhecemos também os limites que tanto o funcionamento dos aplicativos quanto as opções de seu manuseio apresentam, como acontece com as tecnologias em geral, por passarem por constantes atualizações e inovações.

A socióloga Larissa Pelúcio, que realizou uma etnografia *online* sobre os aplicativos de relacionamento e seu funcionamento, afirmou:

> Os recursos digitais de comunicação que funcionaram bem em uma determinada pesquisa não necessariamente serão adequados quando o enfoque, os objetivos, o público, enfim, algum elemento de investigação, mudarem. Aliás, é preciso considerar que os próprios usos dos aplicativos móveis, dos *sites* e das plataformas digitais mudam. Não foi com surpresa que constatei que o Tinder, aplicativo voltado para encontros amorosos e/ou sexuais, estava sendo usado por algumas pessoas para arrumarem cruzas para seus bichos de estimação[1].

Nesse sentido, temos um limite evidente quando realizamos uma investigação sobre aplicativos de

---

1. PELÚCIO, op. cit., 326.

relacionamento. Notamos que é, de fato, desafiante realizar uma observação considerando que as modificações e atualizações acontecem constantemente, e com elas também o modo como se dão os jogos afetivos ao interno dos aplicativos de relacionamento. Mas consideramos também que tais atualizações no funcionamento dos aplicativos não interferem na nossa observação, pois esta não tem por finalidade principal explorar os seus aspectos tecnológicos. Aqui, nos ocupamos da sua lógica, isto é, a teoria de seu funcionamento e como ele interfere e alimenta os jogos afetivos/sexuais dos sujeitos que optam por consumir os seus serviços.

No presente texto também não nos ocupamos de observar o funcionamento de apenas uma plataforma digital ou um aplicativo de relacionamento específico. Nesse sentido, seguimos a orientação de Pelúcio (2016), que afirma que o foco em uma plataforma específica confunde o universo *online* com a territorialidade *offline* em uma passagem mecânica incapaz de reconhecer a centralidade dos sujeitos em uma era mediada pela comunicação digital. Pois, segundo a socióloga, são os usos que os sujeitos fazem das tecnologias que têm revelado o alvo mais confiável para investigar, o melhor ponto de partida e de chegada para a maioria das pesquisas.

1. Os aplicativos de relacionamento religiosos

Neste momento, consideraremos as características de alguns dos principais aplicativos de relacionamento dedicados a grupos religiosos. Como existem inúmeros deles, dirigidos a vários públicos, e como a cada dia nascem novos, decidimos eleger alguns que consideramos mais relevantes, seja por sua popularidade, seja pelo número de usuários. Apresentaremos os aplicativos de relacionamento direcionados a públicos pertencentes às três grandes religiões monoteístas: cristianismo, judaísmo e islamismo. Temos, desse modo, por objetivo principal apresentar as suas principais características, considerando suas devidas diferenças e o seu funcionamento.

1.1. Christian Mingle

Em relação aos aplicativos que oferecem serviços de encontros entre cristãos, existem inúmeros, e alguns deles são destinados apenas a determinadas localidades geográficas, como o Theotokos, exclusivo para os países francófonos. No entanto, existem aqueles com caráter mais abrangente, como o Christian Mingle (que pode ser traduzido como "mistura cristã"), que teve por fundadores os estadunidenses Ryan Sanders e Ben

Peterson, ambos especialistas e proprietários de empresas de *marketing* e empreendedorismo. O Christian Mingle, antes de receber o formato de aplicativo em 2014, já existia através de um *website* de encontros entre cristãos desde 2001. Atualmente, o aplicativo está disponível em inglês e espanhol e conta com cerca de 3,5 milhões de usuários em todo o mundo.

O aplicativo se apresenta como uma mídia de encontros cristãos que promete serviços que possibilitam a construção de amizades e de amor duradouros segundo os valores cristãos: "A base de nossa fé é Jesus Cristo, o Filho de Deus, Senhor e Salvador do mundo, e a Palavra escrita de Deus, a Bíblia". Além disso, sobre o objetivo do aplicativo, no *website* oficial encontra-se esta informação:

> Na Christian Mingle acreditamos que os grandes relacionamentos começam com conexões guiadas por Deus entre os solteiros cristãos. No entanto, embora a fé seja o fundamento do amor, uma verdadeira combinação tem vários níveis de compatibilidade [...]. Se você quer se conectar com homens e mulheres cristãos solteiros, este é o lugar para começar[2].

---

2. CHRISTIAN MINGLE, disponível em: <https://www.christianmingle.com>.

Amor a delivery?

O aplicativo também se compromete a oferecer seus serviços de *marketing* de acordo com a ética cristã. Através de seu regulamento, promete-se favorecer relações respeitosas a fim de que os solteiros ou viúvos encontrem não um simples parceiro, mas um romance potencialmente apto para o matrimônio ou mesmo, no caso de pessoas divorciadas, para uma relação séria.

Devido ao caráter cristão, o presente aplicativo é dirigido ao grupo de pessoas que partilha os valores da ética cristã, mas sem excluir adeptos de outras tradições religiosas. Os primeiros passos para a criação do perfil são o preenchimento de dados pessoais, como gênero – exclusivamente binário –, data de aniversário, endereço, peso, *status* de relacionamento (com as opções de divorciado, viúvo ou nunca casado), religião e, se houver, número de filhos. Após oferecer tais informações, o usuário é convidado a escrever uma pequena biografia e informar quais são as suas atividades preferidas.

As últimas informações a serem assinaladas são as referentes ao tipo de pessoa que se busca, sendo disponível no aplicativo inclusive a possibilidade de optar por pessoas do mesmo sexo e de escolher de acordo com a religião e com a distância física.

Como em outros aplicativos de relacionamento, autorizar o serviço de geolocalização é indispensável para o seu correto funcionamento. Com a confirmação do perfil, que se dá através do *e-mail*, o usuário é reconduzido ao aplicativo e está pronto para utilizá-lo. Porém, a versão gratuita oferece poucos serviços. O máximo que a versão gratuita oferece como recurso é aquele de enviar um *match* em algum perfil de interesse, mas não é possível comunicar-se sem que o *match* seja retribuído.

O termo inglês *match*, muito utilizado na linguagem dos aplicativos de relacionamento, tem sua origem nas disputas que ocorrem ao interno dos campeonatos esportivos, e em língua portuguesa pode ser traduzido como "competição". Receber um *match*, na lógica dos aplicativos de relacionamento, significa receber o interesse do outro, ter sido aprovado, ser considerado potencialmente compatível. Na versão gratuita, é possível também ter acesso às informações básicas do perfil, inclusive à quantidade de *matches* recebidos. Somente a versão paga, que custa em média 25 dólares mensais, oferece serviços mais sofisticados, como aqueles com os quais é possível ter acesso a todas as fotos dos perfis de interesse e enviar-lhes mensagens sem ter sido correspondido com um *match*.

1.2. JSwipe

Para públicos de solteiros judeus, um dos mais conhecidos aplicativos é o JSwipe (o nome evoca o "j", de

Amor a delivery?

judeus, com *swipe*, termo que pode ser traduzido como "deslizar" ou "passar"), fundado por David Yarus e um grupo de empresários, no Brooklyn, em abril de 2014. O próprio Yarus explica a motivação principal para a criação do aplicativo: "Sentimos que era embaraçoso quando se tratava de dizer que se queria namorar alguém judeu. Todos os meus amigos que queriam se conectar com outras pessoas judias sentiam a mesma coisa que eu, então começar o JSwipe fazia sentido"[3].

O aplicativo está disponível em inglês, com versão também em espanhol. Conta, atualmente, com pelo menos 2,5 milhões de usuários, e a idade média de seus usuários ativos é de 35 anos ou mais. Seu foco também é oferecer serviços que possibilitem o matrimônio judeu. Apesar de o aplicativo ser particularmente dirigido ao público judeu, pessoas não judias podem também usufruir de seus serviços.

O funcionamento do aplicativo respeita várias etapas; os usuários criam seus perfis carregando fotos de si mesmos e, se desejam, podem escrever uma breve biografia (*bio*). Podem, assim, definir preferências de filtro para potenciais parceiros a partir da distância geográfica, da

---

3. DOHERTY, R., Interview: J-Swipe founder David Yarus, *The JC*, 16 mar. 2018, disponível em: <https://www.thejc.com/lifestyle/features/j-swipe-founder-david-yarus-is-a-matchmaker--but-still-single-himself-1.460903>. Acesso em: 26 maio 2022.

orientação sexual, do nível de observância religiosa judaica ou da afiliação denominacional; há até mesmo filtros que revelam a presença de usuários que são fiéis às regras dietéticas que são próprias dos judeus. Desse modo, as possíveis correspondências aparecem na tela, com fotos, e uma lista de interesses mútuos é gerada pela convergência de outras plataformas de mídias sociais, como o Facebook (se houver), além de ser gerada, também por esta convergência, uma lista de amigos mútuos.

Após os procedimentos acima, o usuário do JSwipe está pronto para deslizar e visitar outros perfis. A seleção dos perfis de interesse é semelhante ao mecanismo do aplicativo Tinder, que veremos mais adiante. Ao deslizar para a direita em um perfil apresentado, o aplicativo indica seu interesse pela outra pessoa, fazendo aparecer uma Estrela de Davi com um rosto feliz. De modo contrário, se o usuário desliza para a esquerda, significa que o perfil visualizado não lhe interessa, e, ao descartar tal perfil, aparece o símbolo de um franzir de rosto. Somente quando dois usuários deslizam para a direita sobre os perfis um do outro, aparece uma figura com um conjunto de esboços animados de atividades que representam o casamento judaico. Desse modo, então, ambos os usuários têm a possibilidade de trocar mensagens entre si. A versão paga, que permite ao usuário ter acesso a serviços como mudar a própria localização e visualizar mais perfis, custa em torno de 25 dólares mensais.

A promoção motivacional para incentivar o uso do aplicativo está relacionada com a possibilidade ofertada de encontrar alguém com o maior benefício e o menor custo possível. E isso está relacionado, de modo especial, ao tempo e à facilidade de encontrar um parceiro dentro do seu próprio credo religioso:

> A vida atual corre em um ritmo enorme. As pessoas estão envolvidas com suas carreiras e levam problemas diários em suas cabeças. Elas não encontram tempo para dar um passeio com um amigo. Às vezes, uma pessoa se sente desconfortável em encontrar alguém na rua ou em um bar [...]. Essa é a razão determinante para experimentar o aplicativo de relacionamento. Ser judeu significa ter um certo conjunto de tradições a serem seguidas. É ótimo quando você pode obedecer às tradições de seu povo e procurar um par dentro da comunidade. O aplicativo JSwipe foi feito para detectar seu par judaico. Ele conseguirá trazer alegria não só para você, mas também para sua família![4]

---

4. KATELYN, A., JSwipe Review – What do we know about it? *Dating Ranking*, 19 maio 2020, disponível em: <https://datingranking.net/jswipe-review/>. Acesso em: 24 mar. 2022.

1.3. Muzmatch

Até mesmo públicos muçulmanos possuem seus próprios aplicativos de relacionamento, como o Muzmatch (o termo está ligado a duas palavras, *muslim*, que tanto evoca o adjetivo "muçulmano" como denota algo "escondido" ou "misterioso", e a palavra *match*, que, como vimos anteriormente, evoca "pontuação" ou "competição"). Fundado em 2015 pelo jovem britânico e ex-banqueiro Shahzad Younas, o aplicativo é apresentado como o maior da comunidade muçulmana. Está disponível em 12 idiomas e atualmente conta com cerca de 500 mil usuários em mais de 190 países.

Na página principal do aplicativo, é possível ainda encontrar a informação de que em média 100 mil casamentos foram realizados até o momento através de seus serviços. Porém, o próprio Younas atenta, em uma entrevista, que o Muzmatch não funciona como outros aplicativos de relacionamento, pois possui diferenças significativas que dizem respeito ao modo próprio como as pessoas muçulmanas se relacionam, respeitando regras sociais e tradições que lhes são próprias:

> Você tem aplicativos para judeus, para cristãos, mas para [muçulmanos] temos que lembrar que geralmente as pessoas não namoram. Elas usam o aplicativo

para encontrar alguém com quem ter algumas conversas iniciais e tomar café algumas vezes, e depois envolvem a família. [...] Há um princípio islâmico segundo o qual, quando um rapaz e uma menina se conhecem, deve haver um terceiro presente. Para [alguns usuários] é importante – se não houvesse esse recurso, eles não o usariam[5].

Em relação à utilização do aplicativo, inicialmente o usuário se cadastra preenchendo as informações pessoais, como e-mail, gênero (sempre binário), data de nascimento e nome, e imediatamente tem-se acesso aos perfis. Mas, para que o seu perfil pessoal esteja disponível para a visualização de outros usuários, faz-se necessário completar as informações do perfil pessoal: credo, profissão, etnia, nível de instrução, foto do rosto (que precisa obrigatoriamente obedecer a algumas regras como, por exemplo, a de que a pessoa tem de estar com o rosto visível, sem óculos de sol e sozinha).

---

5. MILLINGTON, A., Ann ex-Morgann Stanley banker and a 25-years-old engineer created the first global matchmaking app for Muslims, and it's about to hit one million users, *Insider*, 10 jan. 2019, disponível em: <https://www.businessinsider.com/muzmach-matchmaking-app-for-muslims-about-to-hit-one-million-users-2018-12?r=US&IR=T>. Acesso em: 20 mar. 2022.

O Muzmatch [...] oferece outra oportunidade. Enquanto os usuários podem se identificar e encontrar parceiros potenciais via nacionalidade, origem étnica e país de origem, também exige que cada membro responda as seguintes perguntas com relação à religião: [a qual] seita [pertenço] (*sunni*, *shia*, outros); como [me identifico como] religioso (não praticante, moderadamente praticante, justamente praticante, muito praticante); [como pratico a] Oração (nunca rezo, às vezes rezo, normalmente rezo, sempre rezo); [se] como apenas *halal* (sim/não); [se] bebo álcool (sim/não); [se sou] fumante (sim/não); [se sou] convertido (sim/não); e [quais são meus] planos de casamento (o mais rápido possível, 1-2 anos, 3-4 anos, 4+ anos)[6].

Desse modo, todas essas perguntas aumentam a possibilidade de se encontrar um parceiro mais conveniente. O cadastro é concluído com a confirmação do perfil registrado através de uma senha enviada ao número de telefone ou ao *e-mail* pessoal do cadastrado. O funcionamento do aplicativo é semelhante ao

---

6. Rooij, L., The Relationship between Online Dating and Islamic Identity among British Muslims, *Journal of Religion, Media and Digital Culture*, v. 9 (2020), 8.

do Tinder e do JSwipe. Ao visitar o perfil, o usuário desliza para a direita quando é interessado e, se há desinteresse, desliza para a esquerda. E, do mesmo modo, o diálogo com o perfil de interesse somente se inicia se existir um *match* correspondido. A versão paga, que amplia os serviços, custa em torno de 30 dólares mensais. Com o constante aumento dos usuários do Muzmatch, a empresa tem constituído um faturamento anual de pelo menos 4,5 milhões de dólares. O fundador, Shahzad, afirma ainda que seu grande objetivo é alcançar os 400 milhões de muçulmanos solteiros em todo o mundo.

De certo modo, a criação de aplicativos dirigidos exclusivamente ao público muçulmano não somente oferece às pessoas que pertencem ao segmento a possibilidade de acessar, com mais facilidade, perfis que possibilitem encontros com semelhantes, mas também as insere na própria lógica dos aplicativos de relacionamento e do seu complexo mecanismo. E essa inserção pode entrar em conflito com a maneira como se dão os relacionamentos na tradição muçulmana, segundo a qual os casamentos são negociados entre as famílias.

1.3.1. Os aplicativos de relacionamento e a tradição familiar muçulmana

Na cultura muçulmana, os encontros são controlados pelos pais, que são os verdadeiros selecionadores dos parceiros de seus filhos. Em uma situação na qual toda escolha passa debaixo do crivo familiar, que acolhe ou rejeita os pretendentes, podemos nos perguntar se o desenvolvimento de aplicativos de relacionamento dedicados aos públicos muçulmanos poderia provocar um distanciamento de tal tradição, tão rigorosamente fixada em seus valores. Shahzad, porém, rebate tal ruptura quando afirma: "Se você perguntar aos mais velhos, eles dirão que o maior problema em sua comunidade é encontrar alguém para seu filho casar, e depois manter esse casamento. [...] Durante anos, eles ficaram sem saber o que fazer. Hoje, eles são apenas gratos por finalmente haver algo para ajudá-los"[7]. Mas é fato que a *internet* facilitou o encontro cultural entre os muçulmanos, já que eles não costumam frequentar *pubs* e clubes. Para eles, existem poucos meios, além do contato familiar, para

---

7. HAI, Y., E-rranged marriages: For young Muslims, a new slate of Dating Apps have become a merger of love and tradition, *Rest of World*, 28 jul. 2020, disponível em: <https://www.rainn.org/news/feel-secure-online-social-media-dating-apps-and-technology>. Acesso em: 27 maio 2022.

que ocorram encontros. Com isso, o uso de aplicativos de relacionamento facilitou a busca por encontros, pois o usuário sabe que os outros usuários estão procurando algo semelhante.

Para o empresário Shahzad, o aplicativo *Muzmatch* não representaria nenhuma ruptura com as tradições, mas uma ajuda concreta para que as famílias tenham mais opções na escolha de pretendentes. Nesse sentido, na visão de Shahzad, o uso do aplicativo não colocaria em risco a autoridade dos pais sobre os filhos no que diz respeito à escolha de parceiros, ou seja, diferentemente de outros aplicativos de relacionamento, este não obedeceria à lógica da autonomia do usuário ou da discrição. Desse modo, seus usuários continuariam submissos às tradições e normas de sua religião. Segundo essa lógica, seus usuários apenas teriam mais possibilidades de apresentar aos seus pais potenciais parceiros para a sua avaliação. Porém, como citamos anteriormente, os aplicativos são empresas com fins lucrativos, e o sucesso ou o fracasso delas depende de sua compreensão das atitudes que evoluem, nas gerações mais jovens, com relação ao sexo e aos relacionamentos. Nessa ótica, aplicativos de relacionamento como o Muzmatch têm se esforçado para integrar tradição e tecnologia para que sejam aceitáveis dentro da cultura muçulmana, colocando como sua finalidade exclusiva o casamento.

Por outro lado, principalmente entre as pessoas muçulmanas mais jovens, os princípios que regem a petrificada concepção familiar na cultura parecem estar sofrendo mudanças significativas:

> Para os jovens muçulmanos solteiros, os tempos estão mudando rapidamente. A capacitação de uma nova geração com tecnologia que lhes dá mais autonomia com relação a suas famílias levou a uma enorme mudança de atitudes em relação ao romance e aos relacionamentos em todo o mundo muçulmano. As mulheres estão assumindo uma maior agilidade na escolha de seus parceiros. Os jovens estão convencendo seus pais de que é moralmente aceitável experimentar novas maneiras de encontrar esse parceiro. E, enquanto os aplicativos de namoro no estilo ocidental permanecem firmemente um tabu para a maioria dos muçulmanos, pode ser apenas uma questão de tempo até que eles sejam aceitos[8].

Em um estudo conduzido por Laurens de Rooij sobre as relações interpessoais nos encontros *online* entre muçulmanos britânicos, o autor verifica as consequências

---

8. Ibid.

culturais que são elaboradas através do contato destes com a cultura britânica. O autor defende uma tese contrária àquela apresentada por Shahzad com sua afirmação "*muslims don't date, we marry*", segundo a qual sustenta que os aplicativos de relacionamento não implicariam uma ruptura com as tradições muçulmanas. Segundo Rooij, não se pode constatar que as motivações dos muçulmanos britânicos na utilização dos aplicativos sejam diferentes das motivações dos usuários não muçulmanos, porque ambos buscam compatibilidade nos valores. O autor da pesquisa sustenta também que os aplicativos de relacionamento possibilitam a criação de um terceiro espaço, que está fora dos limites e que pode restringir a negociação e a contestação. E é exatamente esse terceiro espaço o lugar em que as pessoas se sentem livres das restrições das práticas tradicionais, encontram novos horizontes de autoexpressão e são capazes de exercer uma liberdade de escolha.

Rooij ainda afirma que a personalização garantida pelos aplicativos de relacionamento atrai cada vez mais usuários muçulmanos. E isso se deve à sua capacidade de combinar tanto a cultura do casamento islâmico quanto as aspirações de liberdade individual e de escolhas pessoais. E isso dá aos usuários a oportunidade de expressar seus valores pessoais, preocupações, ambições e sentimentos. Nesse sentido, o autor afirma que a possibilidade de escolha não é frequente na cultura islâmica, nem permitida segundo o casamento tradicional, pois, de acordo com os valores tradicionais do namoro muçulmano, não pode haver contato, seja ele direto ou intermediado. E conclui:

> A análise dos *sites* de encontros sugere que, ao invés de encontrar um cônjuge baseando-se na heterodoxia doutrinária, o consumidor é capaz de personalizar suas buscas para refletir um desejo de um cônjuge "muçulmano" baseando-se na compatibilidade com aquilo em que acredita e aspira, dentro de uma sociedade multicultural. [...] O caso é que o sucesso de um aplicativo de relacionamento está em sua capacidade de atender àqueles que procuram seu parceiro de acordo com seus desejos pessoais (religiosos), que não são necessariamente compartilhados pelas instituições às quais pertencem, pelas autoridades em suas vidas (imãs, família etc.), ou por outros caminhos pelos quais buscam um amor e um cônjuge[9].

No atual momento, verificamos que existem muitos estudos em andamento que têm por objeto a introdução

---

9. ROOIJ, op. cit., 17.

das novas mídias e suas consequências para a cultura tradicional muçulmana. O que nos parece difícil, segundo os resultados apresentados, é sustentar a ideia de que a introdução dos aplicativos de relacionamento na realidade islâmica não signifique uma ameaça aos valores tradicionais, principalmente no que diz respeito à liberdade de escolha de parceiros.

2. Os encontros "*hookups*" e os aplicativos de relacionamento

Depois de ter contemplado alguns dos principais aplicativos de relacionamento voltados para públicos religiosos, aqui nos propomos a apresentar dois dos principais e mais famosos aplicativos de relacionamento. Estes, embora não sejam exclusivamente utilizados para relações de tipo *hookup*, são frequentemente utilizados para esse tipo de encontro. O termo *hookup*, segundo a definição do *Cambridge Dictionary*, é uma frase verbal (*hook up*) que significa uma ação realizada no ato de conhecer ou relacionar-se com outras pessoas. Mas, ao considerá-lo como substantivo (*hookup*), o termo pode ser definido como mero encontro casual para sexo. Já no *Oxford Dictionary*, a expressão *hook up* (frase verbal) é definida como uma conexão de alguém ou de alguma coisa com um objetivo, especialmente com um equipamento eletrônico. A socióloga estadunidense Aditi Paul explicita ainda mais o conceito de "*hookup*" com a seguinte proposição:

> Um "*hookup*" é um encontro sexual, geralmente com a duração de apenas uma noite, entre duas pessoas que são estranhas ou breves conhecidas. Algumas interações físicas são típicas, mas podem ou não incluir relações sexuais (vaginal ou anal). Exemplos de interação física incluem beijo ou curtição, estímulo mamário, estimulação genital e sexo oral[10].

Ambas as definições aqui apresentadas nos permitem acessar este mundo complexo e ambíguo da cultura *hookup* do interno dos aplicativos de relacionamento. Porém, tais aplicativos de relacionamento não somente exprimem a realidade dos *hookups*, ou seja, os encontros imediatos e de pouca duração. Segundo o sociólogo Andrew Shield (2019), tais plataformas são complexas e oferecem um campo cheio de possibilidades para sérios estudos etnográficos:

---

10. PAUL, A., *The Current Collegiate Hookup Culture: Dating Apps, Hookup Scripts, and Sexual Outcomes*, London, Lexington Books, 2022, 30.

As plataformas de conexão e plataformas relacionadas são de fato *"hookup apps"*, que facilitam os encontros sexuais, mas também promovem muito mais. O conceito das culturas *online* "sócio-sexuais" estabeleceu não só que Grindr e plataformas relacionadas são espaços valiosos para a realização de trabalhos etnográficos, mas também que esses espaços se assemelham às mídias sociais tradicionais. Através da geolocalização, esses aplicativos permitem aos usuários conversar com outros usuários ativos próximos e retornar a conversas iniciadas – ou a arquivos "estrelados" pró – para posterior comunicação (tanto assíncrona quanto em tempo real)[11].

Diante da infinidade numérica dos aplicativos de relacionamento frequentemente utilizados para encontros *hookups*, decidimos apresentar e explorar o funcionamento de dois dos mais significativos. O primeiro que elegemos é o Grindr, considerado o primeiro aplicativo de relacionamento a ser lançado e desenvolvido para os públicos masculinos que buscam parceiros do mesmo sexo. O segundo a ser apresentado é o Tinder,

---

11. SHIELD, A. D., *Immigrants on Grindr: Race, Sexuality and Belonging Online*, Leiden, Palgrave Macmillan, 2019, 229.

reconhecido como o mais popular deles e o mais utilizado entre os usuários que buscam parceiros para encontros afetivos e/ou sexuais.

2.1. Grindr: o primeiro *aplicativo de relacionamento*

Aconteceu no ano de 2009 o lançamento do segundo iPhone com o sistema operacional IOS, que, por integrar o *Global Positioning System* (GPS), permitiu a criação de aplicativos e criou condições para o nascimento do primeiro deles exclusivamente dedicado a encontros: o Grindr. Não encontramos uma exata tradução da palavra Grindr, porém, se buscamos pelo conceito de *grinder* no *Cambridge Dictionary*, encontramos a seguinte definição, que poderia ter alguma relação com o nome real: "*a machine used to rub or press something until it becomes a powder*" ("um instrumento usado para triturar ou prensar algo até se tornar pó").

O aplicativo foi desenvolvido com o investimento de dois mil dólares feito pelo empresário israelense Joel Simkhai, que morava em Los Angeles, na Califórnia, e que tinha, então, 32 anos. Tudo começou por uma pergunta que fez a si mesmo: "Como encontro outras pessoas de orientação homossexual?". É uma pergunta que nasce dentro da realidade das restrições sociais que fazem com que as pessoas com tal orientação, incluindo bissexuais, transexuais ou mesmo homens que preferem não entrar em nenhuma dessas categorias, mas buscam encontros com outros homens, vivam na invisibilidade e na discrição. Nesse sentido, é sugestivo que a identidade visual do aplicativo seja representada por uma máscara. E a criação do Grindr foi a resposta tecnológica a tal necessidade, ou seja, aquela de um certo anonimato.

Em 2021, o aplicativo contava com cerca de 10,8 milhões de usuários em todo o mundo. 80% dos perfis no Grindr têm 35 anos ou menos – com apenas 11% com 40 anos de idade ou mais. A receita da empresa aumentou 30% em 2021, atingindo 147 milhões de dólares – e espera um crescimento entre 35% e 40% nos próximos anos –, e somou 77 milhões de dólares em lucros ajustados[12]. O aplicativo está disponível em nove idiomas no sistema Apple (IOS), e em 21 idiomas na versão Android.

O Grindr possibilita aos usuários, de modo gratuito, criar um perfil pessoal, registrando-se por *e-mail* ou

---

12. SWENEY, M., Gay dating App Grindr to float in $2.1bn deal, *The Guardian*, 10 maio 2022, disponível em: <https://www.theguardian.com/business/2022/may/10/gay-dating-app-grindr-float-spac-deal>. Acesso em: 11 maio 2022.

por número de telefone celular. O usuário não tem o dever de completar as informações do perfil, que inclui nome, pequena *bio*, idade, peso, altura, *status* de relacionamento, último exame de HIV, interesses etc. Para respeitar a privacidade e o anonimato do usuário, o aplicativo nem mesmo obriga o uso de uma foto de perfil. Não é permitida a exposição pública de fotos de cunho sexual ou genital, embora seja possível a troca de fotos íntimas em modo privado. Com a geolocalização é possível acessar um determinado número de perfis. A esses perfis é permitido tanto a realização do "*tap*" – uma espécie de manifestação de interesse, que se realiza através da ativação de um símbolo (uma chama de fogo) – como o envio de mensagens e fotos. Somente a versão paga, que custa em torno de 26 dólares mensais, permite alguns serviços, como ver perfis mais distantes, compartilhar fotos que não permitem o *screenshoot* (captura de tela) – recurso que faz com que a foto desapareça em apenas alguns segundos – e até mesmo fazer videochamadas.

Por mais que o aplicativo seja considerado acessível globalmente, o Grindr é monitorado e censurado por um significativo número de países, como a China, Indonésia, Turquia, Líbano, Catar, Emirados Árabes e Arábia Saudita. É totalmente proibido no Irã, Crimeia (região ocupada na Ucrânia), Síria, Coreia do Norte,

Paquistão, Cuba e Sudão. Isso significa que países que possuem regimes totalitários demonstram muito interesse em controlar e censurar até mesmo a vida afetiva e sexual dos indivíduos em seu território, revelando-se extremamente contrários aos comportamentos que não obedecem ao padrão heterossexual.

2.2. Tinder: o mais famoso e mais utilizado aplicativo de relacionamento

Por fim, chegamos à apresentação do aplicativo Tinder, cujo nome, segundo o *Cambridge Dictionary*, significa "*small pieces of something dry that burns easily, used for lighting fires*", ou seja, "pequenos pedaços de algo seco que arde facilmente, usado para acender fogo". Segundo o *website Apptopia*, o Tinder é o aplicativo com maior número de *downloads* em 2021. É um dos primeiros aplicativos em que se aplicou a modalidade do *swiping*, termo relacionado ao movimento de deslizamento que se faz com os dedos na tela do *smartphone* ao selecionar os perfis de interesse. Foi lançado em 2012 e teve por fundadores Sean Rad, Jonathan Badeen, Justin Mateen, Joe Munoz, Dinesh Moorjani, Chris Gulczynski e Whitney Wolfe. Atualmente conta com cerca de 80 milhões de usuários, está disponível em 190 países e acessível em 56 idiomas.

Judith Duportail, uma jornalista francesa que estudou com profundidade o aplicativo, especialmente no que diz respeito ao funcionamento dos algoritmos e suas implicações na vida dos franceses que utilizam o aplicativo, afirma:

> Todos os dias, no Tinder, produzem-se milhares de *matches*. A aplicação, presente em mais de 190 países do mundo, reivindica a responsabilidade por um milhão de encontros por semana. Um milhão! O seu sucesso é inegável. É um instrumento incrível, tão incrível que os engenheiros que ali trabalham agora têm em suas mãos um poder extraordinário, o de influenciar o modo como milhões de pessoas podem encontrar-se. Podem condicionar a formação de casais e a criação de relações[13].

Com relação ao funcionamento do aplicativo, este, no geral, não é tão diferente daqueles apresentados anteriormente. Também no Tinder as informações pessoais inseridas são mínimas. Os dados consistem em

---

13. DUPORTAIL, J., *L'amore ai tempi di tinder: un viaggio tra passioni cieche e algoritmi che ci vedono benissimo*, Milano, Fabri, 2020, 181-182.

fotos inseridas no perfil, juntamente com algumas informações como idade, profissão, nome da universidade em que estuda e perfis cadastrados em outras mídias, como, por exemplo, o perfil pessoal do Instagram, referência que transmite a sensação de que o perfil é autêntico.

No momento da inscrição, o usuário tem a opção de transferir os dados de um perfil oriundo de uma plataforma já existente, como o Facebook, ou cadastrar novos dados através do número de telefone. Após oferecer alguns dados pessoais iniciais, o usuário é convidado a preencher a informação a respeito de sua orientação sexual e dos perfis de seu interesse, que podem ser de homens, de mulheres ou de ambos. Com base nos dados oferecidos pelo usuário, o aplicativo consente o seu tráfego de modo anônimo, que se dá deslizando o dedo pelos perfis, seguindo a lógica da esquerda para a direita (aprovando o perfil) e da direita para a esquerda (descartando o perfil). Se dois usuários deslizam para a direita, o *match* acontece, e é possível iniciar uma conversa entre os dois.

> A inovação do Tinder foi o deslize – o toque de um dedo em uma foto, sem mais a necessidade de perfis elaborados e sem mais o medo de rejeição; os usuários só sabem se foram aprovados, e nunca quando foram descartados. [...] É revelador de que o

swiping tenha sido jocosamente incorporado à publicidade de vários produtos, um aceno à noção de que, *online*, o ato de escolher marcas de consumidores e parceiros sexuais se tornou intercambiável[14].

Além da possibilidade do *match*, a aplicação conta com o *"super like"*, que na versão gratuita é disponível somente uma vez ao dia e permite ao usuário comunicar seu interesse pelo perfil escolhido. Em relação aos serviços de geolocalização, diferentemente do Grindr, o Tinder não revela nem a distância, nem o posicionamento geográfico dos seus usuários. Além disso, o aplicativo não permite o compartilhamento de fotos nas mensagens privadas. Porém, existe em alguns aplicativos de relacionamento, como no próprio Tinder, a chamada "crossmedialidade", que consiste na possibilidade de conectar, graças ao desenvolvimento e à difusão das plataformas digitais, vários meios de comunicação, criando uma interação entre estes. Assim, conteúdos presentes em outras redes sociais como Facebook e Instagram podem ser visualizados no perfil do Tinder.

---

14. SALES, N. J., Tinder and the Dawn of the "Dating Apocalypse": As romance gets swiped from the screen, some twenty-somethings aren't liking what they see, *Vanity Fair*, 06 ago. 2015, disponível em: <https://www.vanityfair.com/culture/2015/08/tinder- hook-up-culture-end-of-dating>. Acesso em: 26 maio 2022.

Essa possibilidade permite à pessoa não somente acessar informações mais substanciosas sobre o perfil interessado, mas também estar mais segura sobre a veracidade das informações presentes nos perfis.

Como os outros aplicativos, o Tinder também conta com a sua versão paga, que oferece mais recursos e custa, dependendo do plano escolhido, de 10 a 30 dólares mensais. Alguns desses recursos dizem respeito à possibilidade de o usuário ver quem são as pessoas interessadas no seu perfil, ampliar a geolocalização para encontrar usuários de outras partes do mundo, limitar a visibilidade do próprio perfil e enviar até 5 *super likes* por dia. Uma outra possibilidade que a versão paga permite é a de recuperar perfis que foram "descartados" através do deslizamento para a esquerda, descarte que pode ocorrer por acidente. Além disso, é possível colocar em evidência o próprio perfil de acordo com a geolocalização, para que este seja notado por 30 minutos e para que se aumente a possibilidade de compatibilidade e sucesso.

3. Os aplicativos de relacionamento e as questões legais

As empresas digitais raramente discutem os detalhes do acesso dos órgãos de aplicação da lei e de inteligência às bases de dados de seus clientes, ou o grau de assistência ou resistência a tal acesso[15].

Em relação aos aplicativos de relacionamento e as questões legais, existem duas considerações a serem feitas: a primeira tem a ver com as políticas referentes ao aplicativo, no que diz respeito às informações e à privacidade de seus usuários, e a segunda tem a ver com as políticas de uso e proteção dos usuários.

Em relação à primeira consideração, tomamos a situação problemática das políticas de privacidade da China. Em uma pesquisa qualitativa realizada na China entre 2016 e 2018, que teve como enfoque as políticas dos aplicativos de relacionamento e os usuários chineses, constatou-se que a maioria das pessoas entrevistadas não havia jamais pensado sobre a política de privacidade dos dados dos aplicativos de relacionamento. Ainda, entre as respostas recolhidas pela pesquisa chinesa, havia relatos de pessoas que afirmavam já não poderem escapar da cultura dos dados e dos problemas de vigilância, porque já estavam habituadas com o controle do governo chinês. O que é possível notar é que, mesmo em outras culturas, não parece existir interesse dos usuários em relação à verificação das políticas de uso dos aplicativos.

---

15. ALBURY et al., op. cit., 8.

Amor a delivery?

Como acontece com os informantes chineses, frequentemente aceitam-se os termos e condições de uso sem a menor ideia do que se está fazendo. Mas, segundo a pesquisa, o que os chineses jamais imaginavam é que os aplicativos estavam usando seus dados, e que estes poderiam ser vendidos a anunciantes terceiros ou mesmo entregues ao governo. Existia esse temor porque na época em que foi realizada a pesquisa o Grindr ainda pertencia a um proprietário chinês, sendo vendido em 2020 para a empresa estadunidense San Vicente Acquisition Partners. Isso, de fato, revela o estigma social e também legal por causa do qual sofrem as pessoas com características não binárias, ou seja, não heterossexuais, em países intolerantes com tais comportamentos.

Por essa razão, aplicativos como o Tinder advertem que é preciso ter atenção, principalmente em relação aos seus usuários LGBTQI+, ao utilizá-lo em países que violam as políticas de privacidade com objetivos discriminatórios e nocivos aos seus usuários. Segundo a advertência do Tinder, se tais usuários se encontram em países nos quais relações não binárias não são toleradas ou são até proibidas, é preciso que se tenha muita cautela no seu uso. O aplicativo aconselha, inclusive, que, neste caso, mantenham-se os perfis em modo anônimo:

Muito frequentemente, as agências de aplicação da lei nesses países usam aplicativos de namoro como isca para identificar pessoas LGBTQI+, com o único propósito de prendê-las. E isso não é tudo. Alguns países introduziram leis que tornam ilegal para pessoas do mesmo sexo a comunicação através de aplicativos ou *sites* de encontros *online*. E em alguns casos há até circunstâncias agravantes se essas comunicações forem seguidas de relações sexuais[16].

Em relação às políticas de uso dos aplicativos de relacionamento, cada aplicativo possui sua política, embora, de modo geral, estas sejam consonantes entre si. Nesse sentido, o Tinder assim se expressa:

> Bem-vindo à comunidade Tinder. Se você for honesto, educado e respeitoso com os outros, será sempre bem-vindo aqui. Se você decidir não ser, talvez não dure muito tempo. Nosso objetivo é permitir que os usuários se expressem livremente, desde que não ofendam os outros. Todos devem seguir as mesmas regras no Tinder. Pedimos que seja atencioso, pense antes de agir e respeite as

---

16. TINDER, disponível em: <https://tinder.com/>.

nossas diretrizes comunitárias *online* e *offline*. É isso mesmo: o seu comportamento *offline* pode levar ao cancelamento de sua conta no Tinder. Se você violar qualquer uma dessas políticas, poderá ser banido do Tinder[17].

No *website* oficial do Tinder é presente um regulamento com uma série de comportamentos que o aplicativo não permite: nudez/conteúdo sexual, assédio, violência e agressão física, discurso de ódio, divulgação de informações privadas (documentos, passaportes, senhas etc.), *spam*, promoções e convites, prostituição e tráfico, golpes, falsificação de identidade, menores de 18 anos, violações de direitos autorais e marcas comerciais, uso ilegal. Caso um desses comportamentos seja notado por seus usuários, o Tinder aconselha a realização de uma denúncia através do próprio aplicativo, para que sejam tomadas as devidas providências; ou então, se o usuário preferir, recomenda que se procure a polícia local, sem deixar de também entrar em contato com a equipe do aplicativo, através de uma mensagem no próprio aplicativo ou através de seu *website* oficial. Além disso, o Tinder expressa a sua política de uso ao afirmar:

---

17. Ibid.

O Tinder reserva-se o direito de investigar e/ou encerrar sua conta sem qualquer reembolso caso você tenha utilizado o serviço ou se comportado de maneira inadequada, ilegal ou de forma a violar os termos de uso, incluindo ações ou comunicações fora do serviço que envolvam, no entanto, usuários conhecidos por meio dele[18].

Nesse sentido, o usuário, ao aceitar as políticas de uso do aplicativo, também, de certo modo, consente que o Tinder tenha acesso às suas informações, se assim achar necessário. No *website* do Tinder são oferecidos endereços de *e-mail* e telefones para o contato de acordo com o território no qual o usuário está.

Para a proteção de seus usuários contra toda e qualquer violência de ordem sexual, nos Estados Unidos, recentemente, vários aplicativos de relacionamento ligados ao Match Group, organismo que administra vários aplicativos, dentre eles o Tinder, se uniram à organização RAINN (Rape, Abuse & Incest National Network). A RAINN tem por missão principal trabalhar junto ao departamento estadunidense de defesa para prevenir crimes, ajudar as vítimas e colaborar na identificação e punição dos culpados, num país em

---

18. Ibid.

que a cada 68 segundos alguém é violentado sexualmente. Porém, tais políticas de proteção precisam de atualizações contínuas, no sentido de que combater a violência através dos aplicativos de relacionamento, a partir da lógica do seu próprio funcionamento, é um desafio constante, independente do país em que seus serviços sejam solicitados.

4. Os aplicativos de relacionamento e a pandemia da covid-19

Em meados de 2020, o planeta foi surpreendido com a chegada pandemia da covid-19. Esta trouxe evidentes consequências para os encontros humanos através do distanciamento físico/social. Os Estados, de modo geral, começaram a realizar medidas sanitárias restritivas das mais variadas formas, impossibilitando viagens e trabalhos presenciais para evitar o perigo da transmissão da doença através de contatos físicos até mesmo entre os familiares mais próximos. Tal realidade evidentemente afetou os serviços de encontros através de aplicativos. Estes foram postos à prova e tiveram de pensar em novos modos para oferecer segurança e prevenção aos seus usuários. Com a impossibilidade de sair de casa e de realizar encontros, aplicativos como o Tinder realizaram investimentos para colaborarem com os Estados na adoção de medidas de prevenção durante a emergência sanitária. Desse modo, os aplicativos de relacionamento garantiram sua presença no mercado, e o uso dos aplicativos não foi afetado. Muito pelo contrário: no caso dos Estados Unidos, por exemplo, a frequência de uso dos aplicativos de relacionamento aumentou.

Em uma pesquisa realizada no mês de abril de 2020[19] com usuários do aplicativo de encontros Millennial (nome que se refere à faixa etária dos 24 aos 39 anos), nos Estados Unidos, revelou que pelo menos 31% dos entrevistados passaram a usar mais os aplicativos de relacionamento depois da pandemia.

Para que os aplicativos sobrevivessem durante a pandemia, nos momentos de quarentena e distanciamento social, estes, em geral, desencorajavam os usuários a se encontrar pessoalmente, animando-os a interagirem *online*. Promoveram, ao seu interno, campanhas de conscientização sobre a pandemia e eventos *online*, nos quais enfatizavam atividades *online* voltadas para a importância do distanciamento físico. Ofereceram também serviços como encontros virtuais, sessões

---

19. Disponível em: <https://www.statista.com/topics/6949/social-media-usage-in-brazil/>.

de aconselhamento e terapias virtuais. Os aplicativos também disponibilizaram acesso a novas ferramentas, permitindo aos usuários adicionar vídeos a seu perfil, bem como conversar gratuitamente através de videochamadas, recursos antes restritos às versões pagas.

Com a recuperação das reuniões presenciais, graças ao acesso às vacinas contra a covid-19, aplicativos como o Tinder fizeram uma parceria com os governos para adicionar um crachá aos perfis indicando os usuários vacinados. Além disso, o aplicativo Tinder também passou, pelo menos nos Estados Unidos, a distribuir, desde março de 2021, *kits* de teste de covid-19 em casa.

Após olharmos de perto o funcionamento dos aplicativos de relacionamento, bem como a identidade de cada um deles, cabe-nos, agora compreender os mecanismos das relações humanas através deles. O passo seguinte nos ajudará a entender até que ponto estas sofreram modificações ou explicitaram ainda mais situações preexistentes à cultura digital.

Capítulo III

Os aplicativos de relacionamento e os jogos afetivos

No presente capítulo, propomos analisar os jogos afetivos que se dão através dos aplicativos de relacionamento. Para isso, tomaremos alguns teóricos que nos ajudarão a compreender os principais conceitos em relação a esses jogos, e também contaremos com dados quantitativos e qualitativos de pesquisadores de vários países. Desse modo, o nosso percurso será traçar alguns dos principais elementos ligados aos jogos, dentre eles, o significado do mercado afetivo e dos desejos *online*, como também as consequências destes para o comportamento dos indivíduos na sociedade atual, inserida na cultura digital.

1. A teoria do relacionamento social e dos jogos afetivos em Eric Berne

A teoria das relações humanas, desenvolvida pelo consagrado psicanalista Eric Berne (1977), não obstante a distância temporal e as rápidas transformações antropológicas, sociológicas e tecnológicas que nos separam, permanece válida para compreender o funcionamento das relações e dos jogos afetivos na atualidade. Tal teoria é principalmente oportuna no que diz respeito às interações que acontecem ao interno do campo dos aplicativos de relacionamento. A análise transacional, que tem por objeto de estudo a comunicação entre as pessoas, baseia-se em uma teoria que compreende os aspectos da mudança pessoal e comportamental dos indivíduos e tem como enfoque a teoria das relações humanas a partir das necessidades afetivas básicas que se apresentam desde os primeiros instantes da vida de cada ser humano.

Berne, ao elaborar sua teoria, retoma aquela que diz respeito à separação, elaborada pelo psicanalista austríaco René Spitz (1887-1974). Esta se baseia nas consequências vitais tanto psicológicas como biológicas do abandono de bebês por suas mães, consequências que, segundo Spitz, podem ser fatais. Porém, Berne dá um passo além e também observa tais consequências em adultos que sofrem o confinamento em prisões solitárias; ele afirma ser inevitável que o ser humano passe por um sofrimento de separação, e conclui que esse fato faz parte do ciclo normal da vida de todos:

> Assim, depois que o período de estreita intimidade com a mãe termina, o indivíduo se defronta pelo resto da vida com um dilema diante do qual seu destino e sua sobrevivência estarão continuamente em jogo. Um dos aspectos desse dilema é representado pelas forças sociais, psicológicas e biológicas que se interpõem à continuação da intimidade física no estilo infantil. O outro, pela sua perpétua luta para consegui-la de volta[1].

É nesse sentido que Berne fala da "fome infantil por estímulos". O psicanalista compreende estímulos

---
1. BERNE, E., *Os jogos da vida*, Rio de Janeiro, Arte Nova, 1977, 18.

como o contato físico íntimo ou qualquer ato que implique no reconhecimento da presença de outra pessoa. Portanto, a fome de estímulo alimenta a busca do indivíduo pelo reconhecimento, e, à medida que aumentam as complexidades da vida, tal anseio faz com que nos tornemos diferentes uns dos outros: "são essas diferenças que emprestam variedade ao relacionamento social e determinam o destino de cada indivíduo"[2]. Nesse sentido, para Berne a troca de estímulos constitui uma transação que é a unidade básica do relacionamento social.

A partir da exposição dessas necessidades que, segundo Berne, são inerentes a todos os seres humanos, o autor introduz a teoria dos jogos afetivos. Esta parte do princípio emergente de que qualquer relacionamento social, mesmo aquele menos positivo, representa uma vantagem sobre a ausência de relacionamento. A partir da observação do comportamento de animais, como, por exemplo, camundongos, o psicanalista afirma que mesmo as experiências negativas são úteis para a sobrevivência saudável dos indivíduos. O que, segundo ele, pode prejudicar realmente o crescimento saudável de um indivíduo e lhe pode ser fatal não é tanto a experiência de estímulos negativos, mas exatamente a falta de estímulos.

---

2. Ibid., 19.

Antes de entrar propriamente na definição de jogo, Berne faz uma diferenciação entre os conceitos de ritual, de passatempo e de jogo. Segundo ele, o ritual é uma série estereotipada de transações ou comunicações complementares simples, programadas por forças sociais externas. Desse modo, ele fala de dois tipos de rituais: o informal, como, por exemplo, uma despedida social, que é passível de variações; e o formal, no qual a forma do ritual é determinada pela paternidade, ou seja, pela tradição familiar. Já em relação ao conceito de passatempo, Berne define-o como uma série de transações simples, que são realizadas em torno de um único objetivo básico, que é estruturar o intervalo de tempo no cotidiano. Nesse sentido, são extremamente importantes os determinantes externos, que são sociológicos, como sexo, idade, grau de cultura ou classe econômica etc.

Berne conceitua o jogo como uma série de transações que se desenrolam com um desfecho definido e previsível; pode ser descrito como um conjunto repetido de transações, não raramente cansativas e enfadonhas, que, embora sejam plausíveis, possuem uma motivação oculta. Desse modo, os jogos são constituídos por uma série de lances com espécies de ciladas ou truques durante o seu desenvolvimento ou no final. Para o autor, ainda, o conceito de jogo:

não implica necessariamente alegria ou satisfação. [...] A seriedade dos jogos em si, o modo como são jogados e seus resultados são bem conhecidos pelos antropólogos. [...] O mais triste, o mais terrível e tremendo de todos os jogos, chama-se, é claro, "Guerra"[3].

Na mesma linha de Berne, o sociólogo e filósofo Helmuth Plessner também elucida a sua preocupação com as relações que se dão através do jogo e com o modo como estas podem se transformar em comportamentos nocivos a partir de competições violentas, de laços fracos e de perdas de conexão, produzidas pela seriedade do jogo:

> Jogar é sempre jogar com algo que, por sua vez, joga com o jogador, e uma relação contrastante que induz à restrição sem, no entanto, consolidar ao ponto de anexar totalmente a vontade do indivíduo. No entanto, o perigo de uma reversão existe em todos os momentos. Então o lento laço de conexão desaparece e a clareza é introduzida em seu lugar: o jogo torna-se seriedade, a perseguição, a captura, esse amontoado de comportamentos é

---

3. Ibid., 51.

substituído pelo combate e a realidade é substituída pela representação[4].

O psicanalista Berne ainda descreve duas características que são próprias dos jogos: são de natureza inconfessa e possuem um desfecho. Segundo nosso autor, são exatamente essas duas características que diferenciam os jogos dos conceitos de rituais e passatempos. Os dois últimos, por definição, são sinceros e, diferentemente dos jogos, podem envolver disputas, mas não conflitos; seus desfechos podem ser sensacionais, mas não são dramáticos, como nos jogos. O grande problema dos jogos é que eles são basicamente desonestos e possuem motivações ocultas.

Para distinguir ainda melhor os jogos de qualquer outra ação social, Berne fala da diferença entre a operação e o jogo. A operação consiste em uma transação com propósito simples, discreto e declarado. Por exemplo, alguém que francamente busca um determinado valor em empréstimo, e o recebe. Mas, se essa pessoa, após realizar o pedido, transforma-o egoisticamente em proveito pessoal, de modo que quem lhe proporcionou essa tranquilidade fique em desvantagem, tal

---
4. Plessner, H., *Il riso e il pianto: Una ricerca sui limiti del comportamento umano*, Milano, Bompiani, 2015, 126.

transação trata-se de um jogo. É nesse sentido que as operações que se apresentam no jogo podem ser chamadas de lances ou manobras.

Um exemplo prático de jogo citado pelo autor é a operação realizada por um "corretor de seguros" que realiza suas manobras para trabalhar seu cliente com a finalidade oculta de ter vantagem sobre ele e obter lucros. Nesse sentido, não é difícil notar a presença do jogo em nosso cotidiano, nos diversos modos de relações. Basta reconhecermos os jogos de compra e venda, principalmente aqueles que ocorrem em comércio não institucionalizado. Tanto o vendedor como o comprador jogam entre si: o vendedor, no que diz respeito ao modo astuto de elaborar lances e manobras para criar uma falsa ilusão no comprador de que este está em vantagem com seu investimento; já o comprador, no lance de oferecer o menor valor possível, ou seja, aquilo que lhe parece "justo". Trata-se dos conhecidos jogos que podemos denominar "menor custo e maior benefício". Assim, como veremos mais adiante, a lógica dos jogos comerciais também pode ser reproduzida em nossas relações interpessoais. Mesmo as relações afetivas podem sofrer a lógica imposta pelas regras desses jogos.

É nesse sentido que tomamos o conceito de jogo de Berne, adjetivando-o com o termo afeto. Afeto, de acordo com a etimologia, vem do latim *affectio*, que se refere à palavra afeição, e está conectado com o termo doença. O afeto não é exatamente uma doença, mas está relacionado com essa ideia. Isso quer dizer que aquilo que nos afeta pode estar para além da nossa capacidade de autonomia. Quando somos afetados por alguma coisa, significa que não temos controle sobre ela. É o que pode acontecer com a experiência do apaixonamento. Nesse sentido, de acordo com o conceito de jogo apresentado por Berne, poderíamos afirmar que quem se apaixona dificilmente é capaz de manter-se no "controle remoto" dos jogos afetivos. Estar apaixonado pode significar a derrota no jogo.

A socióloga Eva Illouz (2009) insere no conceito de afeto uma noção de energia interna que se apresenta como motivação de um ato:

> O afeto não é uma ação em si, mas é a energia interna que nos impele a agir, que confere um "clima" ou uma "coloração" particulares a um ato. Por isso, o afeto pode ser definido como o lado da ação que é "carregado de energia", no qual se entende que essa energia implica, simultaneamente, cognição, afeto, avaliação, motivação e corpo. Longe de serem pré-sociais ou pré-culturais, os afetos são significados culturais e relações sociais inseparavelmente

comprimidos, e é essa compressão que lhes confere sua capacidade de energizar a ação. O que faz o afeto transportar essa "energia" é o fato de ele sempre dizer respeito ao eu e à relação do eu com outros culturalmente situados[5].

Além disso, segundo Illouz, o afeto não é somente uma entidade psicológica, mas também cultural e social, isto é, através dos afetos colocamos em prática as definições culturais da nossa individualidade, e estas se expressam em nossas relações e ações concretas. Desse modo, no agir social de cada ser humano, existe uma coloração afetiva que o impulsiona a atuar de um certo modo e não de outro. Os afetos nos potencializam a jogar segundo os movimentos interiores, que estão carregados de história pessoal, de experiências familiares, de religião e de cultura. Nesse sentido, podemos afirmar que somos nossa história pessoal, somos o que assimilamos dos encontros que tivemos com os outros e com a sociedade.

Na tradição cristã, um dos personagens que mais se destaca no que diz respeito ao conhecimento do poder impulsionador dos afetos nos indivíduos é Inácio

---

5. ILLOUZ, E., *O Amor nos Tempos do Capitalismo*, Rio de Janeiro, Zahar, 2011.

de Loyola. No século XVI, o ex-soldado escreveu um livrinho chamado *Exercícios Espirituais*, uma espécie de manual de combate "para vencer a si mesmo, ordenar a própria vida e não se deixar determinar por nenhuma afeição desordenada"[6]. Para Inácio, a origem dos nossos atos maus e das péssimas decisões que tomamos está totalmente conectada com a desordem dos nossos afetos. Desse modo, os apegos que temos nos mantêm presos a pessoas, aos nossos instintos, a vertigens causadas pelos medos, a feridas pessoais; e tudo isso nos impede de alcançar a liberdade. Assim, Inácio nos convida a identificar os apegos e egoísmos escondidos em nossas manobras e perguntar-nos se jogar com os afetos seria, de fato, a melhor decisão.

1.1. Os aplicativos de relacionamento e a gamificação das relações

Uma das modalidades recentemente aplicadas em alguns aplicativos de relacionamento é a chamada "gamificação", isto é, estes aplicativos passam a ter as

---

6. LOYOLA, I., *Escritos de Santo Inácio: Exercícios Espirituais*, São Paulo, Loyola, 2006, 21.

mesmas características dos videogames. O Tinder aplicou essa realidade através do lançamento do jogo *Swipe night* ("Noite de deslize"), que consiste na exibição, através do aplicativo, de episódios ao modelo das minisséries de televisão com temáticas interativas, nas quais o usuário pode intervir com uma série de decisões. O funcionamento, porém, é o mesmo, sempre deslizando da esquerda para a direita (com resposta afirmativa) ou da direita para a esquerda (com resposta negativa).

De acordo com o *website* oficial do Tinder, o conteúdo dessas decisões pode ser compartilhado com outros usuários através do perfil pessoal e pode auxiliar o interno do aplicativo no conteúdo das conversas. Essa nova modalidade foi desenvolvida a partir da atenção dada pelo aplicativo a pesquisas realizadas sobre a geração Z, que é o público público-alvo. E, segundo essas pesquisas, tal geração deseja experiências interativas que forneçam um contexto melhor para iniciar as conversas. E, de fato, a experiência lançada em 2020 atingiu 20 milhões de usuários do Tinder, em todo o mundo. Desse modo, os usuários/consumidores dos aplicativos de relacionamento são considerados explicitamente jogadores e agem como tais. Trata-se de um processo de ludificação das relações no mundo digital.

Os jogadores, então, segundo a consideração de Goldberg, seguem a lógica de jogo instaurada por empresas de aplicativos em geral, que podemos aplicar também aos aplicativos de relacionamento, provocando "perversões disfuncionais das relações". Desse modo, as regras e a lógica do jogo, transferidas inescrupulosamente para os relacionamentos digitais, não permitem a elaboração de relações reais entre os jogadores, mas estes permanecem na situação lúdica que, segundo o sociólogo, carece de verdadeira reciprocidade e compromisso:

[...] o problema com a ludificação não é simplesmente que ela não recompensa o trabalho dos jogadores com pagamento monetário, mas que os tipos de relacionamentos que ela estabelece não são "reais", ou seja, leais, recíprocos, responsáveis [...]. A razão pela qual essas relações não são reais, para Bogost, é que o que é dado aos usuários em troca de sua participação – incentivos ficcionais – é visto como tendo valor falso ou sendo desprovido de valor[7].

Desse modo, o conceito de jogos oferecido por Berne pode ser perfeitamente aplicado, principalmente quando

---

7. GOLDBERG, G., *Antisocial Media: Anxious Labor in the Digital economy*, New York, New York University Press, 54.

afirma que "o grande problema dos jogos é que eles são basicamente desonestos"[8], pois "quando a lealdade é real, ela é recíproca. Ela se move em duas direções. Algo real está em jogo para ambas as partes"[9]. Mas aqui a consideração não é dirigida exclusivamente ao comportamento dos sujeitos que jogam segundo as regras dos aplicativos, mas também ao comportamento daqueles que estabelecem as regras dos jogos. Nestes existe, sim, desonestidade no ato de ocultar os verdadeiros interesses de suas ofertas lúdicas ao interno dos aplicativos: "As organizações pedem relacionamentos, mas retribuem essa lealdade com fraudes, incentivos falsificados que não fornecem valor nem exigem investimento"[10]. Desse modo, quando aplicamos essa realidade ao complexo mundo dos afetos, provavelmente não podemos esperar consequências muito positivas.

2. Por que jogar nos aplicativos de relacionamento?

Como vimos anteriormente, o nascimento dos aplicativos de relacionamento está intimamente relacionado com uma política de mercado que tem avançado

---

8. BERNE, op. cit., 49.
9. GOLDBERG, op. cit., 54.
10. Ibid.

como proeminente negócio financeiro, principalmente nos últimos anos. É por isso que tais empresas possuem estratégias bem definidas, com ofertas de tecnologias e de possibilidades aos seus consumidores que as tornam cada vez mais atrativas, principalmente para os grupos mais jovens e para aqueles considerados "nativos digitais". Logan Tindell, ao publicar histórias reais sobre experiências negativas de pessoas que optaram por utilizar os aplicativos de relacionamento para encontrar seus parceiros românticos, adverte:

> Tenha em mente: estes aplicativos são operados por empresas que projetaram magistralmente a plataforma para manter sua atenção. É um negócio que lucra com a dependência – eles precisam de pessoas para continuar deslizando. Na verdade, eles esperam que você não encontre o parceiro ideal nem se apaixone... Se isso acontece, eles perdem um cliente[11].

Nesse sentido, a advertência de Tindell parece-nos muito oportuna. Através dessa mensagem, que pode aparentar ser apenas um discurso sensacionalista,

---

11. TINDELL, L., *The Dating App confessions: Confessions and Advice based on real experiences of online daters*, Publicação independente, 2021, 85.

encontramos dois conceitos que podemos considerar chaves para compreender o funcionamento dos jogos afetivos nos aplicativos de relacionamento: lucro e dependência. Se, por um lado, existe da parte dos consumidores o anseio de "jogar" com o aplicativo a fim de alcançar o objetivo de encontrar alguém para um relacionamento estável e romântico, ou simplesmente para um rápido encontro "*hookup*", por outro, da parte dos gestores dos aplicativos, existe apenas um único objetivo: aumentar o seu lucro através da exploração afetiva de seus consumidores. Desse modo, a advertência de Tindell é muito válida – "Eles esperam que você não encontre o parceiro ideal nem se apaixone" – e deveria colocar os usuários de aplicativos de relacionamento em alerta.

Se é verdade que os consumidores ou usuários jogam uns com os outros, podemos também elucidar a ideia de que as empresas de aplicativos jogam com seus usuários com estratégias bem alinhadas ao seu objetivo de mercado. Tudo isso de tal modo que "as relações não são simplesmente transformadas em algoritmo, mas devem ser também monetizadas"[12]. Porém, o grande problema que aqui podemos constatar é que

---

12. BELLI, M., *L'epoca dei riti tristi*, Brescia, Queriniana, 2021, 180.

tais empresas jogam com uma das maiores necessidades do ser humano, ou seja, aquela de "estímulos", como bem explicitou Berne. Desse modo, os aplicativos de relacionamento aparecem como grandes beneficiadores de estímulos e de experiências afetivas. Nesse sentido, vale destacar a relação do uso dos aplicativos de relacionamento com a teoria do uso e gratificação:

> Através da teoria dos usos e gratificações, são identificadas três categorias: as físicas, as sociais e as psicossociais (Sumter, Vandenbosch e Ligtenberg, 2016), nas quais se podem enquadrar os motivos de utilização de aplicações de *online dating* (Van De Wiele e Tong, 2014). As motivações físicas estão associadas com a gratificação sexual. Parte-se do pressuposto de que é mais provável um utilizador do Tinder com motivações sexuais recorrer ao mesmo se tais desígnios forem gratificados[13].

Sepúlveda e Vieira (2020) dividem as gratificações oferecidas pelo uso dos aplicativos de relacionamento em duas formas de classificação. A primeira é a das gratificações sociais, que estão relacionadas com a

---

13. SEPÚLVEDA, R.; VIEIRA, J., Motivações para o uso de aplicações de online dating no contexto português: a relevância dos turning points, *Análise social*, n. 235 (2020), 306.

percepção de alargamento da rede de contatos. Tais gratificações consistem no aumento significativo das possibilidades de encontro de parceiros com quem estabelecer relações, sejam estas de caráter duradouro ou não. A segunda forma de gratificação é aquela de caráter psicossocial e inclui variáveis sociais, como a aceitação ou a valorização pessoal, ligadas à autoestima. Desse modo, esse tipo de gratificação satisfaz necessidades como o sentimento de pertença, de inclusão ou de bem-estar. Um dos exemplos, segundo os autores, de como o utilizador pode aumentar a sua autoestima é a satisfação dessa necessidade de reconhecimento através dos *matches* recebidos ou dos *likes*, como acontece nas redes sociais em geral.

Em uma recente pesquisa, realizada pela socióloga Aditi Paul, com 318 estudantes universitários pertencentes à etapa da graduação e provenientes de várias universidades dos Estados Unidos, foram investigados os relacionamentos que se dão a partir dos aplicativos. Em relação aos benefícios do uso dos aplicativos de relacionamento pelos estudantes, de acordo com as respostas oferecidas, a autora descreve o resultado apontando para dois principais benefícios:

> Havia dois benefícios que eram exclusivos dos aplicativos de relacionamento. Eles eram: (a) a possi-

bilidade de encontrar alguém que eles não teriam encontrado de outra forma e (b) acordo mútuo de *"hookup"*. Os aplicativos de relacionamento oferecem aos estudantes opções de parceiros para *"hookup"* além da afiliação escolar. Isso permitiu que os estudantes se encontrassem com pessoas que eles não teriam encontrado em circunstâncias normais se não fosse pelo aplicativo. Além disso, os estudantes mencionaram a possibilidade de descobrir as intenções de *"hookup"* de seus parceiros quando conversavam com eles. Como alguns estudantes mencionaram, os encontros de aplicativos foram "ao ponto": um estudante disse até que os aplicativos eram "a maneira mais rápida de se encontrar"[14].

Nesse sentido, de acordo com o resultado apresentado, podemos elucidar a facilidade que os aplicativos de relacionamento oferecem na busca por parceiros, graças, principalmente, aos serviços oferecidos de geolocalização. Este benefício está relacionado ao espaço, ou seja, as possibilidades de encontros não estão limitadas àqueles que acontecem no mesmo ambiente, como, no caso da pesquisa mencionada, o universitário. Já o segundo benefício está relacionado ao tempo.

---

14. PAUL, op. cit., 46.

Amor a delivery?

A socióloga Eva Illouz, que estudou profundamente a relação entre os afetos e o sistema capitalista neoliberal, elucida com clareza a ligação entre a cultura dos encontros rápidos e aquela do *delivery*, própria da lógica de mercado:

O "encontro rápido" evoluiu a partir do desejo óbvio de maximizar o tempo e a eficiência, orientando-se para a população de maneira muito precisa e limitando a interação a um enquadramento temporal rigoroso e curto. Isso constitui uma ilustração perfeita do que Ben Agger chama de "*fast capitalism*", que tem duas características: primeiro, a tecnologia capitalista tende a compactar o tempo, a fim de aumentar a eficiência econômica; segundo, o capitalismo tende a causar a erosão das fronteiras e a negar às pessoas espaço e tempo privados[15].

Em relação ao "acordo mútuo de *hookup*" mencionado na pesquisa de Aditi Paul, esse acordo diz respeito à imediatez dos potenciais encontros. Na realidade *offline*, muito provavelmente seria necessário mais tempo para encontrar alguém com a mesma compatibilidade de interesses. Essas duas realidades, de fato, contribuem

---

15. ILLOUZ, op. cit.

para que os usuários decidam entrar no jogo. Sobre esse acordo mútuo, Miskolci comenta: "Nos bate-papos, nos *sites* e nos aplicativos de busca de parceiros, não há dúvidas de que todos ali buscam alguém, o que já leva os usuários a abordagens mais objetivas do que em contextos *offline*, nos quais predomina a incerteza"[16].

A pesquisadora italiana Laura Tedeschi contesta a ideia de que as pessoas passam a usar o aplicativo simplesmente por motivo de escassez de tempo. A partir das respostas coletadas em suas entrevistas com homens e mulheres entre 20 e 30 anos de idade, usuários de aplicativos de relacionamento na região norte da Itália, Tedeschi constata que existem outros motivos, além da imediatez, entre aqueles impulsionadores do uso dos aplicativos. A pesquisadora conclui que, na verdade, a busca de parceiros através dos aplicativos de relacionamento está se tornando muito mais que uma opção motivada pela falta de tempo, mas uma necessidade comum:

> Os entrevistados que trabalham em tempo integral afirmam que não têm o tempo livre necessário para conhecer novas pessoas, de modo que se pode inferir que escolhemos usar o aplicativo para suprir

---

16. Miskolci, op. cit.

essa falta. Mas apenas metade dos entrevistados trabalha nesse ritmo, os outros, apesar de terem tempo livre suficiente, ainda decidiram baixar e usar o aplicativo. Isso sugere que o desejo de conhecer novas pessoas fora do próprio círculo de conhecidos não é uma prerrogativa daqueles que têm pouco tempo livre, mas está no geral se tornando uma necessidade comum. A variável "tempo livre" não deve, portanto, ser lida como uma espécie de causa e efeito. Tenho pouco tempo, portanto descarrego o Tinder, mas mais como uma especificação adicional para a motivação de querer conhecer novas pessoas[17].

É possível afirmar, também, que as motivações presentes nos usuários para a utilização dos aplicativos de relacionamento não são fixas e dependem, em grande parte, da situação particular de seus usuários. A busca, como podemos considerar no relato a seguir, recolhido por Tedeschi, está relacionada ao estado psicológico daquele que "entra no jogo" e se adapta aos imprevistos que podem acontecer durante o desenrolar do uso do aplicativo:

---

17. TEDESCHI, op. cit.

Um dia você está *online* só porque está entediado e percorre os perfis sem entrar na sala de *chat*; outro dia você quer fazer sexo e, assim, você escreve à noite para as pessoas nas quais você está interessado, na esperança de sair; outro dia você quer ir ao concerto e você não sabe com quem, e está procurando companhia. É difícil dizer por que você está *online*, não acho que haja uma razão para todos, acho que isso depende do momento. Não acho que, se uma garota escreve "procurando amigos" e conhece o homem de sua vida, então ela diz "não, sinto muito", por estar procurando um amigo[18].

No contexto de Portugal, a pesquisa de Sepúlveda e Vieira (2020) revela que as principais motivações relacionadas ao uso dos aplicativos de relacionamento, como é possível ver na figura da página seguinte, se referem à necessidade de socialização, definida pelos participantes como "conhecer pessoas". A necessidade de socialização é seguida pela procura de relacionamentos e, depois, pela busca por sexo. Isso revela, de certo modo, que, pelo menos na realidade portuguesa, os aplicativos de relacionamento são utilizados

---

18. Ibid.

principalmente para atender a necessidade de socialização da parte de seus usuários, necessidade que é de natureza psicossocial e está relacionada ao sentimento de pertença e de aprovação social.

Curiosidade
Passar.tempo./.Entretenimento
Aprovação.social
Socializar Pertença
autoestima
Procura.de.relacionamentos
Sexo

Fonte: Imagem elaborada por Sepúlveda e Vieira, 2020, 314.

A necessidade de socialização também aparece na pesquisa publicada pelo Pew Research Center, referente aos meses de junho e julho de 2015, e que contou com a participação de dois mil e um adultos com 18 anos de idade ou mais, provenientes dos 50 Estados americanos mais o Distrito de Colúmbia. Mesmo entre os não usuários, observou-se que pelo menos 80% deles concordam que os encontros *online* ou o uso dos aplicativos de relacionamento são um bom modo para encontrar pessoas. É notável também perceber que 50% dos não usuários de aplicativos de relacionamento consideram o aplicativo uma boa partida para encontrar muito mais pessoas. Portanto, parece-nos evidente que os aplicativos de relacionamento, de modo geral, são acessados com objetivos relacionados não somente a encontros rápidos (*hookups*), mas também a interesses ligados à socialização, embora saibamos que uma coisa não necessariamente exclua a outra.

O que se pode notar ainda, principalmente em sociedades nas quais existe maior liberdade moral, é que o exercício da sexualidade tem se tornado também um modo de se socializar, de constituir identidade ao interno da sociedade, de criar relações, de ser social. Desse modo, poderíamos dizer que a sexualidade tem se tornado, em algumas realidades, ainda que de modo limitado, uma linguagem que ultrapassa as esferas morais e regulamentadas pela sociedade e pela religião. Isso não significa, obviamente, que, por causa da influência das normas sociais e da religião, o exercício da sexualidade, no passado, seguisse tais pautas morais. Porém, a vida íntima e sexual acontecia, normalmente, em âmbitos restritos e extremamente reservados. Em nossa sociedade, conectada através das tecnologias digitais, tem sido facilitada ainda mais a vivência íntima e sexual distante de escrúpulos, e isso é expressado em novas modalidades. Em alguns ambientes, fala-se até mesmo de infidelidade digital por causa de atividades como, por exemplo, o cibersexo. Nesse sentido, tem se tornado evidente que a concepção tradicional do que se entende por sexualidade vem sofrendo uma variação de modo acelerado nos últimos anos. É notável que existe uma real mudança de paradigma no modo de entender e de viver a própria sexualidade, principalmente nas novas gerações.

Paul, comentando as respostas de sua pesquisa com os estudantes universitários dos Estados Unidos, sublinha ainda duas grandes características dos aplicativos de relacionamento que devem ser consideradas: a primeira diz respeito ao grande número de parceiros em potencial que são acessíveis, já a segunda diz respeito a um certo grau de anonimato, facilitado principalmente por serviços de aplicativos como o Grindr:

> Os aplicativos de relacionamento oferecem aos estudantes acesso a um grupo maior de parceiros sexuais potenciais para escolher, um grupo que está além dos limites de um ambiente universitário tradicional. Em 2018, o aplicativo de namoro Tinder até mesmo lançou um serviço chamado *"Tinder U"*, que permitiu que os estudantes se conectassem com outros estudantes mais facilmente. Em segundo lugar, o relativo anonimato garantido pelos aplicativos de namoro alivia o estigma associado com o início de encontros pessoais. Esse estigma pode ser sentido por certos demógrafos, como as mulheres e a comunidade LGBTQIA+, que são frequentemente penalizadas por sua sexualidade[19].

---

19. PAUL, op. cit., 13.

É neste sentido que os jogos através dos aplicativos de relacionamento se tornam atrativos. Estes são produtores de inúmeras possibilidades de interação entre os que utilizam seus serviços, mais uma prova de que estes aplicativos definitivamente alteraram a vida afetiva e sexual de seus usuários.

2.1. Por que não jogar: o caso do Japão

Uma recente pesquisa, que contou com a participação de 322 estudantes, entre homens e mulheres que atualmente vivem no Japão[20], recolheu dados através de um questionário distribuído pelas redes sociais (Facebook, Line e Instagram), e um detalhe chamou a atenção: 84,5% dos que responderam o questionário nunca utilizaram nenhum tipo de aplicativo de relacionamento. E a razão para o não uso é a não confiança, por parte dos japoneses, em relação à segurança desses aplicativos. Os 160 japoneses da pesquisa que não usam aplicativos de relacionamento (50,3%) não consideram os aplicativos seguros, enquanto 110 deles

---

20. Cf. NASCIMENTO, M. C., *Dating Apps: Love and relationships in contemporary Japan*, Master's Degree Dissertation, Universidade Católica Portuguesa, 2019, 41.

(34%) afirmaram não ter nenhuma razão para utilizá-los. 51 (16% dos entrevistados) afirmaram ainda que não se sentem à vontade em contatar pessoas virtualmente.

Tais dados, apesar de não serem suficientemente representativos, oferecem uma certa hipótese de que, pelo menos na cultura japonesa, os aplicativos de relacionamento não são tão populares. A falta de confiança no seu funcionamento é o principal motivo. Afirmam que as políticas de *privacy* dos aplicativos de relacionamento não são convincentes e não garantem a segurança. A pesquisa revela ainda que, mesmo entre os japoneses usuários de aplicativos de relacionamento, pelo menos 36% dos entrevistados nunca se encontraram pessoalmente com alguém, 22% deles se encontraram somente uma vez e 24% se encontraram até cinco vezes. De certo modo, esses dados nos levam a crer que os aplicativos de relacionamento não somente não são populares na realidade japonesa, como também não são úteis para a busca por parceiros naquela localidade.

3. A *internet* e a modificação da vida afetiva/sexual de seus usuários

A vida virtual está jogando rápido e solto com as realidades físicas do tempo e do espaço e está criando um estresse que é antropologicamente (e portanto teologicamente) insustentável. Em nossas vidas *online*, certamente vemos novas expressões de nobreza e virtude; mas também vemos novas expressões de rebaixamento humano e materialismo grosseiro. Temos visto jovens – especialmente adolescentes do sexo masculino – cada vez mais alienados pelas versões fraudulentas do sexo e da intimidade vendidas pela indústria pornográfica[21].

Miskolci afirma que o advento da *internet* modificou a vida afetiva e sexual dos usuários. Dentre essas transformações, o sociólogo enumera cinco principais. Segundo Miskolci, a principal delas está relacionada à criação de um sentimento de agência para pessoas que, por vários motivos, foram historicamente impedidas ou controladas no exercício de sua sexualidade. O autor cita, nesse sentido, tanto as mulheres como as pessoas LGBTQIA+. Em relação à busca de parceiras por homens heterossexuais, Miskolci afirma que a *internet* foi apenas mais um meio para tal empreendimento, que jamais lhes foi negado.

---

21. MURPHY, M. P., Swipe left: A theology of Tinder and digital dating, *America Magazine*, disponível em: <https://www.americamagazine.org/content/all-things/i-want-hold-your-hand-new-frontiers-dating>. Acesso em: 26 maio 2022.

Segundo o sociólogo, o acesso das mulheres é menor e mais lento nos meios digitais de paquera. Em Portugal, por exemplo, de acordo com dados disponíveis referentes ao ano de 2017, o número de utilizadores de aplicativos de relacionamento era de 530.000 contas ativas, sendo 73,5% delas de pessoas que se identificavam com o gênero masculino, contra apenas 26,5% de pessoas identificadas com o gênero feminino. A presença das mulheres, de fato, assume uma perspectiva bem diversa daquela dos homens no que diz respeito ao uso dos aplicativos de relacionamento. Em entrevistas coletadas pela pesquisadora Laura Tedeschi, duas participantes apresentaram razões pelas quais o acesso das mulheres é mais "cuidadoso" no uso dos aplicativos:

> Eu tenho Tinder, e tudo bem, mas os caras sempre me contatam: em parte porque mesmo na vida real geralmente são eles que se atiram a mim e não o contrário, e em parte porque eu me sentiria desconfortável ao contatá-los primeiro. Isso não é feito. E também, quando eles me contatam, penso muitas vezes "olhe para mim, que perdedor". Não é fácil para eles, eu acho, mas é algo novo para mim também, para nós mulheres, quero dizer[22].

---

22. TEDESCHI, op. cit.

Em outra entrevista, uma outra usuária afirma:

Eu sou muito seletiva, antes de gostar de alguém essa pessoa precisa me atrair. Eu só gosto das pessoas que têm Instagram conectado, porque eu quero ter certeza de que não é um perfil falso, ou que pelo menos as fotos são reais, porque normalmente no Instagram você tem mais fotos, mesmo que ainda coloque as que você gosta, onde você se sente bonito[23].

A afirmação de Miskolci, na qual se explicita que o surgimento dos aplicativos de relacionamento favoreceu a presença de pessoas que sofrem estigmas sociais por sua condição sexual, é consonante com o resultado da pesquisa realizada por Aditi Paul. A socióloga, ao observar a resposta de 318 estudantes universitários estadunidenses e estrangeiros, provenientes de diversas universidades dos Estados Unidos, constatou:

O contexto de encontro mais popular para estudantes heterossexuais era o da escola, seguido pelo de festas – 43% dos estudantes heterossexuais encontravam seus parceiros na escola e 23% encontravam

---

23. Ibid.

seus parceiros em festas. Para estudantes homossexuais, o contexto de encontro mais popular foi o de aplicativos de relacionamento – 61% dos estudantes homossexuais encontraram seus parceiros de encontros através de aplicativos de relacionamento, e 21%, no contexto da escola[24].

Já uma pesquisa, realizada em 2019 com cerca de 4.860 adultos e publicada pelo Pew Research Center, confirma essa realidade apontada por Miskolci e Paul. A quantidade de usuários de aplicativos de relacionamento que estava entre os LGBTQIA+ era de 55%, e apenas 28% dos usuários se declararam *straight* ou heterossexuais.

A segunda transformação elencada por Miskolci, que está relacionada com a anterior, é a criação de um sentimento de agência para pessoas impedidas ou controladas no exercício de sua sexualidade. Essa transformação tem a ver com a individualização da busca por parceiros que é possibilitada pelas plataformas *online*, algo que não acontecia antes. Para o autor, foi por causa do meio eletrônico que passou a ser possível buscar parceiros segundo interesses pessoais, como gostos eróticos e características físicas.

---

24. Paul, op. cit., 43.

Já a terceira transformação tem a ver com a mudança na forma e no próprio roteiro do flerte, que passou a ser mais direto:

Passou a ser possível paquerar várias pessoas *online* ao mesmo tempo sem que isso resultasse nos embaraços e retaliações que são comuns face a face. O fracasso em uma paquera passou a ser vivido individualmente – ou seja, só o usuário sabendo que foi recusado –, o que converteu algo que se temia em apenas uma tentativa. Nos bate-papos, *sites* e aplicativos de busca de parceiros não há dúvidas de que todos ali buscam alguém, o que já leva os usuários a abordagens mais objetivas do que em contextos *offline*, nos quais predomina a incerteza. Entre homens, além da abordagem direta se destaca a rapidez com que se fazem perguntas íntimas envolvendo preferências eróticas, as quais definem a continuidade ou não da interação[25].

A socióloga estadunidense Aditi Paul (2022) também comenta a mesma realidade observando que, enquanto as relações face a face permitem a troca de sinais verbais e não verbais, as interações *online* são

---

25. MISKOLCI, op. cit.

mais diretas. Ou seja, nas interações face a face existe a possibilidade de usar os cinco sentidos (tato, visão, audição, olfato e paladar), existe a expectativa de que haja uma correspondência verbal ou não, de modo imediato. Já nas interações *online*, a relação pode ser assincrônica e produzir o desfecho de modo diferente:

> As plataformas de comunicação *online* são desprovidas de sinais olfativos e táteis, e a permissibilidade de sinais visuais e auditivos varia de acordo com a modalidade das plataformas *online*. Por exemplo, as mensagens de texto têm sinais auditivos e visuais limitados e podem ser assíncronas; as chamadas de vídeo usando o Facetime ou outros serviços similares permitem sinais auditivos e visuais e são de natureza síncrona. [...] A comunicação *online* dá às pessoas com alta ansiedade para namorar uma chance de se engajar em uma autoapresentação estratégica para criar uma impressão positiva em seus potenciais parceiros. Eles podem fazer isso selecionando fotos e destacando informações que os apresentem de uma forma desejável. A natureza assíncrona das conversas *online* permitida por esses aplicativos também proporciona às pessoas com alta ansiedade de namoro o tempo necessário para editar suas respostas durante as conversas. Esse

intervalo de tempo não está disponível durante interações cara a cara síncronas[26].

A quarta transformação, que, segundo o Miskolci, é mais perceptível para as primeiras relações que conheceram o mundo *online*, trata-se da aceleração das relações que a facilidade da *internet* provoca, do primeiro contato ao encontro, passando também da intimidade ao rompimento.

Para muitos, os chamados "laços fracos" das conexões *online* são duplamente desejáveis: porque garantem a segurança de poderem ser rompidos sem consequências negativas para sua vida cotidiana, assim como podem ser os mais adequados para desejos segmentados, como os que envolvem a formação de redes relacionais a partir de interesses eróticos comuns[27].

Zygmunt Bauman, com o seu conhecido conceito de "amor líquido", exprime a mesma realidade de fragilidade dos relacionamentos na contemporaneidade quando afirma: "Quanto menor a hipoteca, menos inseguro você

---
26. PAUL, op. cit., 40.
27. MISKOLCI, op. cit.

Amor a delivery?

vai se sentir quando for exposto às flutuações do mercado imobiliário futuro; quanto menos investir no relacionamento, menos inseguro vai se sentir quando for exposto às flutuações de suas emoções futuras"[28]. Nesta época dos relacionamentos frágeis,

> tudo começou a acontecer em ritmo mais acelerado: a busca *online*, as mensagens e trocas de imagens por *e-mail* ou *messenger*, as conversas por videoconferência e a sociabilidade por aplicativos de mensagens nos *smartphones*. Nos termos sintéticos de Sherry Turkle (2011, 157), passou-se do encontro amoroso (*date*) ao sexo sem compromisso (*hookup*)[29].

Quanto à quinta e última transformação elencada por Miskolci, tem-se a ampliação, provocada pela *internet*, de parceiros em potencial. As redes possibilitaram o acesso a um número maior de parceiros sexuais e amorosos. Elas fizeram crescer o horizonte amoroso dos usuários. Desse modo, parece se consolidar aquilo que denominamos mercado amoroso:

---

28. BAUMAN, Z., *Amor Líquido: sobre a fragilidade dos laços humanos*, Rio de Janeiro, Zahar, 2004, 19.
29. MISKOLCI, op. cit.

Entraram todos, sem perceber inicialmente, em um verdadeiro mercado sexual e amoroso *online*, o primeiro realmente visualizável e no qual as regras da atração são explicitamente vinculadas ao *sex appeal*. Trata-se não apenas de algo positivo, mas de um contexto altamente competitivo e regido por fortes padrões normativos. Assim, a ampliação do número de potenciais parceiros se deu associada à descoberta da competição por aqueles e aquelas socialmente mais valorizados como desejáveis[30].

É nesse sentido que os usuários, diante de tais facilidades proporcionadas pela *internet*, principalmente através dos aplicativos de relacionamento, têm ainda mais oportunidade de escolher. Num espaço breve de tempo, o usuário (ou consumidor/jogador) é capaz de selecionar, filtrar ou descartar as infinitas opções de perfis de pessoas que se apresentam na tela do seu *smartphone* com apenas um rápido *swipe*, um simples deslizar dos dedos.

---

30. Ibid.

4. O capitalismo afetivo e os consumidores de aplicativos de relacionamento

O estranhamento aparece tanto no fato de *meu* meio de vida ser de um *outro*, no fato de aquilo que é *meu* desejo ser a posse inacessível de um *outro*, quanto no fato de que cada coisa mesma é um *outro* enquanto si mesma, quanto [também] no fato de que minha atividade é um *outro*, quanto finalmente – e isto vale também para os capitalistas – no fato de que, em geral, o poder *não humano* domina[31].

O conceito de alienação em Marx foi central para apresentar a relação de ruptura entre o trabalhador, o processo de produção e o produto do seu trabalho. Também a Igreja se preocupou com as mudanças na ordem do trabalho, especialmente no que diz respeito às consequências provocadas pela Revolução Industrial e o advento da técnica. A Igreja afirmou, na sua doutrina social, a necessidade do respeito pela dignidade do ser humano e a defesa da inalienação deste com o seu trabalho. O Papa João Paulo II, através da

---

31. MARX, K., *Manuscritos Econômico-Filosóficos*, São Paulo, Boitempo, 2010, 146.

Encíclica *Laborem Exercens*, exprime exatamente essa realidade quando afirma:

> À luz da análise da realidade fundamental de todo o processo econômico e, antes de tudo, das estruturas de produção – que é, justamente, o trabalho – importa reconhecer que o erro do primitivo capitalismo pode repetir-se onde quer que o homem, de alguma forma, seja tratado da mesma maneira que todo o conjunto dos meios materiais de produção, como um instrumento e não segundo a verdadeira dignidade do seu trabalho – ou seja, como sujeito e autor e, por isso mesmo, como verdadeira finalidade de todo o processo de produção[32].

Segundo a socióloga Eva Illouz, o conceito de alienação teve fortes implicações também afetivas, porque foi com o trabalho alienado que houve uma perda da realidade, ou seja, de vínculo com o objeto. Tais implicações afetivas, produzidas pela modernidade e pelo capitalismo alienantes, se deram a partir de um embotamento afetivo que passou a separar as pessoas umas das outras, separação esta que, além de se dar em seus vínculos tradicionais familiares e sociais,

---

32. João Paulo II, *Laborem Exercens*, 1981, 7.

também tocou o eu individual mais profundo do ser humano. João Paulo II, reconhecendo tal situação, manifestou sua preocupação quando afirmou: "Deve-se recordar e afirmar que, numa visão global, a família constitui um dos mais importantes termos de referência, segundo os quais tem de ser formada a ordem socioética do trabalho humano"[33]. É nesse sentido que podemos afirmar que o capitalismo produziu jogos alienantes com sérias consequências também afetivas.

Quando falamos de jogos afetivos em aplicativos de relacionamento, precisamos constatar quem são os autores das regras do jogo e a que lógica estas obedecem. Para compreender melhor tal realidade, propomos a ideia de que o capitalismo, principalmente na sua forma atual de neoliberalismo, tem estreita relação com o funcionamento dos jogos afetivos ao interno dos aplicativos de relacionamento. Para entender o neoliberalismo econômico, tomamos o conceito oferecido pelo sociólogo e filósofo estadunidense Noam Chomsky:

> O neoliberalismo é o paradigma econômico e político que define o nosso tempo. Ele consiste em um conjunto de políticas e processos que permitem a

---

33. Ibid., 10.

um número relativamente pequeno de interesses particulares controlar a maior parte possível da vida social com o objetivo de maximizar seus benefícios individuais[34].

Já o sociólogo Todd May, pesquisador da influência do neoliberalismo nas relações de amizade, assim define o neoliberalismo:

> Chamo de neoliberalismo um conjunto emergente e intersectante de práticas, inserido em uma orientação econômica particular, que contribuiu muito para fazer de nós o que somos hoje. Se quisermos entender um aspecto central de quem somos e da dificuldade, e talvez até da escuridão, de quem nos pedem para ser, então devemos nos confrontar com o neoliberalismo[35].

Ambos os conceitos nos ajudam a aprofundar os processos das relações humanas nos quais o modelo econômico neoliberal tem um papel determinante. Ou seja, observa-se que nossas relações humanas e a

---
34. CHOMSKY, N., *O lucro ou as pessoas? Neoliberalismo e Ordem Global*, Rio de Janeiro, Bertrand Brasil, 1999.
35. MAY, T., *Friendship in an age of economics: resisting the forces of neoliberalism*, Lanham, Lexington Books, 2012, 4.

maneira como elas se estabelecem seguem, sem mesmo nos darmos conta, a lógica neoliberal, e essa lógica parece transparecer no funcionamento dos aplicativos de relacionamento. Segundo Pelúcio (2016), o uso de aplicativos de relacionamento responde a um conjunto de transformações sociais e econômicas marcadamente neoliberais que, principalmente a partir de 1980, incidiram diretamente na forma de as pessoas constituírem relações:

> Individualismo, competitividade, estímulo ao risco e às experimentações, precarização de relações tidas como duradouras, seja no âmbito do mundo do trabalho ou das relações domésticas – são algumas dessas mudanças que acabam conformado um novo *ethos* emocional que ajuda a conformar um mercado afetivo regido por códigos fluídos, mas operantes, e ao qual alguns *sites* e aplicativos para fins de encontros parecem corresponder[36].

A socióloga Illouz defende a tese de que o capitalismo está intimamente relacionado com a criação de uma cultura afetiva intensamente especializada e que, segundo ela, conduziu a uma outra organização social

---

36. PELÚCIO, op. cit., 315.

do capitalismo. A esta organização ela dá o nome de capitalismo afetivo, que pode ser traduzido como mercantilização dos afetos. Ainda segundo Illouz, os repertórios culturais que estão baseados no mercado moldam e impregnam as relações interpessoais e afetivas, pois as relações interpessoais encontram-se no centro das relações econômicas:

> O capitalismo afetivo é uma cultura em que os discursos e as práticas afetivos e econômicos moldam uns aos outros, com isso produzindo o que vejo como um movimento largo e abrangente em que o afeto se torna um aspecto essencial do comportamento econômico, e no qual a vida afetiva – especialmente a da classe média – segue a lógica das relações econômicas e da troca[37].

O filósofo sul-coreano Byung-Chul Han critica a "desconstrução dos umbrais e dos limites" das relações humanas provocada pelo capitalismo. Para Byung-Chul, o risco é que o mundo das relações passe a ser nivelado, desaparecendo, assim, a fantasia e a imaginação sobre o outro. A esta crise ele denomina "a agonia do eros":

---
37. ILLOUZ, op. cit.

As cercas divisórias ou os muros que são erigidos hoje em dia não movem mais as fantasias, pois não geram o *outro*. Ao contrário, percorrem o inferno do igual, que segue apenas as leis econômicas. Assim, separam os ricos dos pobres. O que produz esses novos limites é o capital. Mas por princípio o dinheiro torna tudo *igual*. Nivela diferenças essenciais. Limites enquanto edifícios eliminatórios e excludentes destroem *as fantasias em relação ao outro*. Não são *umbrais*, não são mais *corredores de passagem*, que levam para *algum outro lugar*[38].

O pesquisador Vinícius Sarralheiro, que estuda relacionamentos a partir dos aplicativos de relacionamento, relata que um usuário, ao ser perguntado sobre o motivo pelo qual utiliza o aplicativo, respondeu:

Os aplicativos são tipo um cardápio, sabe? É só você olhar e escolher. Fica mais fácil também para ter o que conversar, saber se o que a pessoa curte é o que você está procurando também...[39]

---

38. CHUL-HAN, B., *Agonia do eros*, Petrópolis, Vozes, 2017.
39. SARRALHEIRO, V. A., *Existe amor em app: Percepções sobre a sexualidade, a prevenção e a comunicação do HIV e da aids entre usuários de aplicativos de relacionamentos*, Dissertação de Mestrado, São Paulo, USP, 2020, 127.

Nesse sentido, torna-se transparente a lógica do capitalismo afetivo e da mercantilização dos afetos: "são um cardápio". Tal afirmação evoca uma atitude de quem está diante de um menu que oferece várias opções. Podemos dizer que tanto um menu como a tela do *smartphone*, com a variedade de opções de perfis de usuários, são colocados nas mãos do usuário e devem passar por uma seleção segundo seu gosto/apetite pessoal. É importante ressaltar também que o "menu" de perfis é apresentado, em alguns aplicativos, de modo arbitrário. Tal fato revela que a afirmação "são um cardápio" não diz respeito somente à reação do usuário em relação ao uso do aplicativo de encontro, mas à própria lógica de seu funcionamento. Sobre essa realidade, o próprio fundador do aplicativo JSwipe reconhece que um dos grandes problemas dos aplicativos de relacionamento, em geral, é que eles apresentam inúmeras opções de escolha, e acrescenta:

> É importante que as pessoas se estabeleçam um propósito. Elas têm que ter a coragem de aparecer e se comprometer com essa experiência. As pessoas vão para os aplicativos e esquecem por que o fizeram. Se encontrarem alguém com quem gostam de conversar e quiserem levar isso mais longe, então devem se concentrar nisso e não se

perguntar o que mais existe lá fora. Devem dar uma chance às coisas[40].

Um outro aspecto muito presente na motivação para o uso dos aplicativos de relacionamento tem relação com a comodidade que eles oferecem. Assim, tal realidade pode ser verificada através de outra entrevista realizada por Sarralheiro, na qual o entrevistado respondeu:

> Eu não procuro parceiros fora do aplicativo hoje em dia. Quando era mais novo eu procurava pessoas no aplicativo e também em festas, baladas e coisas do tipo. Mas hoje o aplicativo me dá uma comodidade de encontrar pessoas que é muito melhor do que ficar caçando por aí[41].

Aqui podemos observar que o aplicativo trouxe outro modo de socialização, ou seja, de interação do indivíduo com outras pessoas. O entrevistado afirma que, antes dos aplicativos de relacionamento, para conhecer

---

40. DOHERTY, R., Interview: J-Swipe founder David Yarus, *The JC*, 16 mar. 2018, disponível em: <https://www.thejc.com/lifestyle/features/j-swipe-founder-david-yarus-is-a-matchmaker-but-still-single-himself-1.460903>. Acesso em: 26 maio 2022.
41. SARRALHEIRO, op. cit., 127.

pessoas tinha de frequentar festas e baladas, mas agora pode gozar da comodidade de entrar em contato com elas sem sair de casa. Tal afirmação pode também evocar as facilidades de compra introduzidas pelo mercado atual. Hoje, por causa da facilidade das compras *online*, não é mais necessário frequentar um *shopping center* ou mesmo um supermercado, pois os produtos podem ser escolhidos pelo consumidor na comodidade de seu lar e ser entregues por *delivery* no momento desejado.

Bauman também faz uma advertência sobre a influência da cultura consumista e a fragilidade dos relacionamentos humanos que seguem a lógica e as promessas do mercado:

> E assim é uma cultura consumista como a nossa, que favorece o produto pronto para o uso imediato, o prazer passageiro, a satisfação instantânea, resultados que não exijam esforços prolongados, receitas testadas, garantias de seguro total e devolução do dinheiro. A promessa de aprender a arte de amar é a oferta (falsa, enganosa, mas que se deseja ardentemente que seja verdadeira) de construir "experiência amorosa" à semelhança de outras mercadorias, que fascinam e seduzem, exibindo todas essas características, e prometem

desejo sem ansiedade, esforço sem suor e resultados sem esforço[42].

Nem mesmo o aplicativo "cristão" Christian Mingle escapa a esse mecanismo. Um testemunho presente na página *web* oficial para a promoção do aplicativo comprova o quanto a realidade do mercado afetivo e das múltiplas escolhas está presente na lógica de seu funcionamento:

> Muitas vezes, quando você usa um aplicativo de relacionamento, você se depara com o problema de encontrar pouquíssimas pessoas. Durante minhas revisões do Christian Mingle, esse não foi o caso. Fiz vários testes em diferentes áreas antes de perceber que o aplicativo tem mais de 15 milhões de cristãos solteiros![43]

Richard Miskolci produz uma oportuna reflexão sobre a busca de parceiros através dos aplicativos de relacionamento e a sua relação com o mercado, a que

---

42. BAUMAN, op. cit., 11-12.
43. SEYMOUR, M., Christian Mingle – Online Dating Site Bio, *Healthy Framework*, disponível em: <https://healthyframework.com/dating/dating-site-info/christian-mingle-bio/>. Acesso em: 26 mar. 2022.

chama de "nova economia do desejo". Segundo o sociólogo, tal economia é orientada pela sensação de abundância de relações de potenciais parceiros. Desse modo, estes se apresentam através de um "catálogo humano", que se organiza através de uma certa matematização, ou seja, por meio de algoritmos.

> As relações entre afeto, sexo e amor passam a se dar em uma nova configuração econômica, de trabalho e de consumo, em que as relações sociais se dão crescentemente por meios comunicacionais em rede. De forma geral, refiro-me à maneira como a vida sexual e amorosa e o próprio desejo das pessoas passam a se expressar no contexto contemporâneo, em que passamos a viver em uma sociedade pós-industrial, centrada em serviços, no consumo, na segmentação midiática e em formas de trabalho "flexíveis"[44].

Miskolci atenta ainda para a estreita relação que existe entre a esfera íntima e aquela pública, que se dá através do uso de aplicativos de relacionamento. Por isso, as formas contemporâneas de relações são ditadas pela chamada "economia do desejo". Compreende-se, aqui, por economia do desejo o universo de produção e de consumo e a forma como o desejo é regulado. Desse modo, ainda segundo Miskolci, tais tecnologias levam para os meios

---
44. MISKOLCI, op. cit.

de interação *online* a lógica das estruturas sociais atuais juntamente com seus valores e também suas contradições. Porém, é preciso ter atenção às analogias do "mercado *online*" e à sua relação com o mercado capitalista. Vale a pena também sublinhar que, mesmo em países com regimes comunistas, como, por exemplo, a China, onde não existe uma economia neoliberal e há um forte controle da parte do governo, existe um forte mercado ligado aos aplicativos de relacionamento:

> A China tem sua própria ecologia na *internet*. Parte da razão para isso é que o Partido Comunista da China proibiu os serviços ocidentais de *internet*, como Google, Twitter e Facebook, de operar no país. Como sempre, porque essas aplicações ocidentais não são oferecidas em chinês, elas não são atraentes para os locais. Isso criou um nicho de mercado para os serviços de encontros locais. As empresas chinesas de aplicativos de relacionamento aprendem com os aplicativos de relacionamento e redes sociais existentes em outros países e criam projetos que são adequados ao mercado chinês. Por exemplo, o Tantan é baseado no estilo Tinder; o Blued funciona de forma semelhante ao Grindr e ao Jack'd. Além disso, os aplicativos de relacionamento na China são fortemente regulamentados pelo governo chinês[45].

---

45. CHAN, op. cit., 20.

Segundo Pelúcio, os critérios e as lógicas no horizonte dos jogos afetivos e sexuais não se encerram na analogia com o mercado capitalista. A socióloga afirma que as características do mercado *online* também envolvem elementos histórico-sociais, simbólicos e políticos, sem os quais, segundo ela, os pesquisadores não conseguem analisar a maneira como operam e principalmente como os sujeitos negociam seus desejos e afetos.

Segundo Illouz, a transformação de si em uma espécie de mercadoria é uma das consequências dos que se aventuram a trafegar entre as estantes afetivas das redes e da *internet*, em geral:

> A *internet* coloca toda pessoa que está à procura de outra, num mercado, em franca competição com outras. Ao se inscrever no *site*, você se coloca imediatamente numa situação em que compete com outros que lhe são visíveis. Portanto, a tecnologia da *internet* posiciona o eu de maneira contraditória: faz o sujeito dar uma virada profunda para dentro, isto é, exige que ele se concentre em seu próprio eu para captar e comunicar a essência única que há nele, sob a forma de gostos, opiniões, fantasias e compatibilidade afetiva; por outro lado,

a *internet* também faz do eu uma mercadoria em exibição pública[46].

Desse modo, podemos compreender como o capitalismo afetivo tem sido central na lógica tanto das redes sociais como naquela dos aplicativos de relacionamento. Assim, a reprodução do sistema capitalista neoliberal torna-se ainda mais evidente. E, no livre mercado dos afetos, nas constantes competições, os jogadores são inseridos numa lógica que parece não impor limites aos seus desejos mais íntimos. Porém, nada pode garantir que eles obtenham sucesso. Por companhia, não poucas vezes, apenas resta a frustração das não conquistas, dos primeiros lugares dos pódios não alcançados[47].

---

46. ILLOUZ, op. cit.

47. Atualmente, vários especialistas da área de saúde emocional e psicológica têm detectado patologias ligadas ao consumo de aplicativos de relacionamento. Problemas ligados à baixa autoestima relacionados ao sentimento de rejeição e ao "ghosting" têm sido cada vez mais frequentes entre os pacientes que consomem tais aplicativos. Cf. ROSÁRIO, M., 'Sem match': como os apps de relacionamento viraram assunto sério nos consultórios de psicologia e psiquiatria, *O Globo*, disponível em: <https://oglobo.globo.com/saude/noticia/2024/06/30/sem-match-como-os-apps-de-relacionamento-viraram-assunto-serio-nos-consultorios-de-psicologia-e-psiquiatria.ghtml>. Acesso em: 01 jul. 2024.

4.1. A fungibilidade das relações nos aplicativos de relacionamento

O sociólogo estadunidense Tom Roach (2021), estudioso, de modo especial, das relações que se estabelecem através do uso dos aplicativos como o Grindr, realiza uma pertinente advertência quanto ao uso do aplicativo. Para isso, ele utiliza o conceito de "fungibilidade", que toma da pesquisadora Shannon Winnubst:

> Ser fungível é ter todo o caráter e conteúdo esvaziados. É uma relação de equidade que requer um semblante puramente formal. Em termos econômicos, fungibilidade refere-se àqueles bens e produtos no mercado que são substituíveis uns pelos outros. [...] Isso é diferente dos bens permutáveis, que devem estar relacionados a um padrão comum (como o dinheiro) a fim de julgar seus valores diferentes ou similares[48].

Roach é pessimista em relação aos relacionamentos que se desenvolvem através do aplicativo de relacionamento. "Ao se inscreverem, os usuários concordam

---

48. ROACH, T., *Screen Love: Queer intimacies in the Grindr Era*, New York, New York University Press, 2021, 143.

em se tornar como os outros – estéticos, digitalizados, despojados."[49] O sociólogo afirma também que eles reproduzem a lógica consumista, instrumentalizam a intimidade e mecanizam os modos astutos do desejo. Segundo Roach, os aplicativos de relacionamento exacerbam impulsos bárbaros como o individualismo, a concorrência feroz e a satisfação individual. O sociólogo toma o conceito de *homo economicus* de Foucault e conclui que estas mídias contribuem para que a lógica calculista do neoliberalismo seja concretizada, principalmente através dos aplicativos de relacionamento, que, segundo o autor, podem fortalecer o modo de perceber a si mesmo e os outros como capital humano.

Nesse sentido, o sociólogo Filipe Domingues segue a mesma lógica quando afirma:

> Muitas relações nas mídias sociais acabam sendo guiadas pela lógica do consumo, muito comum nos aplicativos de relacionamento. Escolhemos os "produtos" que mais gostamos, "fazemos uma oferta" e depois esperamos até que o aplicativo nos diga que somos um "bom negócio" para outra pessoa, que passou pelo mesmo tipo de processo. Se houver uma combinação (*match*), é uma situação de ganho

---

49. Ibid., 148.

mútuo – uma "venda". Se não houver uma partida, ambos os indivíduos são descartados da vida um do outro e podem nunca ter a chance de realmente se encontrarem. A especificidade do "*match*" mediado pela tecnologia é que ambas as partes têm que gostar (*like*) da outra. Os participantes são consumidores e mercadorias ao mesmo tempo[50].

Roach afirma também que os aplicativos somente contribuem para a maximização do prazer individualizado e uma falsa implementação de uma espécie de elísio virtual. "O que o mercado encoraja é a associação e a separação frouxa, em vez da união." Essa afirmação também é confirmada pela socióloga Aditi Paul:

> Os aplicativos de relacionamento permitem que os estudantes se distanciem psicológica e fisicamente de suas personalidades *offline*; nos aplicativos de namoro, pode-se ser sexualmente permissivo enquanto se é conservador na vida real. Os aplicativos de relacionamento também permitem que os estudantes se conectem com pessoas que não pertencem a suas redes sociais preexistentes[51].

---

50. DOMINGUES, F., *Selflessness in the age of selfies: What young people can teach us about social media's throw-away culture*, Roma, Gregorian & Biblical Press, 2021, 130.

51. PAUL, op. cit., 48.

Amor a delivery?

Roach ainda sublinha que a ação do usuário dos aplicativos de relacionamento, a que chama de *homo economicus*, dirige-se a uma espécie de fungibilidade colecionadora. Tal fungibilidade tem por base uma ação impulsiva que é focalizada na recompensa por seus investimentos nos jogos afetivos/sexuais.

O *homo economicus* investe em outros somente se for provável um retorno lucrativo. Ao tratar o *cruising* virtual como uma prática empreendedora, no entanto, o *homo economicus* é motivado não por um desejo que busca um *telos* satisfatório; ao invés disso, ele encena o circuito do impulso[52].

É nesse sentido que o autor fala da própria perda de interioridade emocional, pois esta é minguada pelo mecanismo dos aplicativos de relacionamento que favorece o processo de desumanização das relações. Desse modo, o seu uso pode favorecer comportamentos irresponsáveis: "o desvanecimento do desejo de identidade e o tratamento das pessoas como objeto de prazer correm o risco de desvalorizar a vida de forma perigosa"[53].

---

52. ROACH, op. cit., 131.
53. Ibid.

Roach descreve ainda o modo como o mecanismo dos aplicativos de relacionamento transforma o usuário em *homo economicus*:

> As práticas repetitivas e hápticas de rolar, deslizar e clicar em perfis, de bloquear indesejáveis e de estrelar brasas – todos esses são objetivos em si, prazeres imanentes do cruzeiro virtual que não requerem nenhum referente externo. Navegando pelas fotos de pele das páginas de perfil, o *homo economicus* calcula seus movimentos usando a análise de custo-benefício, alcançando e respondendo apenas àqueles que possam maximizar seu interesse e otimizar sua marca. Quanto mais "torneiras" ou "cascos" ele recebe e quanto mais outros usuários indicam que sua marca é comercializável, mais fortes e de maior alcance crescem os tentáculos deste "Cthulhu virtual"[54].

Portanto, maximizar seu interesse e otimizar a marca, segundo Roach, são dois vértices motivadores que se apresentam na lógica dos jogos afetivos dos aplicativos de relacionamento. Essas atitudes são as que tornam o sujeito que utiliza esses aplicativos, de fato, em

---

54. Ibid.

homo economicus, no sentido de que o usuário reproduz uma lógica de investimento, de negociação, de troca e de recompensas, o que é próprio do sistema capitalista. Um dos desafios dessa lógica é, de fato, a concorrência de mercado. Nesse sentido, segundo Roach, o *homo economicus* é humilhado no processo:

> Seu ego agressivo é temperado pela lei de equivalência no mercado (de carne) de bens fungíveis. Aqui, como nos salões de comércio, equivalência não é igualdade [...]. Sua popularidade tende a se correlacionar com padrões de beleza, ideais corporais e raciais, normas e expectativas culturais.

E conclui: "O sucesso depende da atratividade e da comercialidade da marca"[55]. O sucesso do usuário *homo economicus*, segundo Roach, funciona como uma marca ao interno dos aplicativos de relacionamento, e ele tem a imagem de um típico vencedor neoliberal.

Kierkegaard, ao comentar os jogos de sedução do personagem mítico e literário Don Juan, parece também revelar neste o prazer de colecionar conquistas afetivas, como acontece com o usuário-jogador que utiliza os aplicativos de relacionamento:

---

55. Ibid., 132-133.

Para ser sedutor é preciso sempre uma certa reflexão e uma certa consciência, e é somente quando estas estão presentes que pode ser apropriado falar de esperteza, de movimentos e ataques hábeis... Essa consciência falta em Don Juan. Ele, porém, não seduz. Ele deseja, e é esse desejo que tem um efeito sedutor; nesse sentido ele seduz. Ele se enche de prazer pela satisfação do desejo; pouco tempo após satisfazer o desejo, busca um novo objeto, e assim infinitamente. [...] Não tem necessidade de algum preparativo, de algum projeto, de algum tempo, porque está sempre pronto; de fato ele sempre tem energia, e também desejo[56].

Segundo Roach, não somente a relação, mas os próprios usuários dos aplicativos de relacionamento tornam-se fungíveis. Quanto mais o *homo economicus* se insere como marca/perfil pessoal dentro da concorrência, mais ele reconhece que é apenas uma opção transponível e clicável diante de tantas outras. Os jogos afetivos/sexuais dos aplicativos de relacionamento, seguindo a lógica de mercado:

---
56. KIERKEGAARD, S., *Enter-Eller: Un frammento di vita*, Tomo I, a cura di A. Cortese, Milano, Adelphi, 1987, 165-171.

podem provocar uma competição egoísta ("devo me destacar na embalagem"; "devo comercializar melhor minha marca") e um frenesi de consumidor ("quanto mais eu compro, melhores são minhas chances de conseguir um bom negócio"; "este produto é bom, mas vamos continuar procurando o melhor")[57].

Roach ainda adverte que a transferência da lógica neoliberal de mercado para o mundo das relações humanas é desastrosa. Como consequência disso, ele reconhece a perda dos valores tradicionais:

> Os efeitos produzidos no neoliberalismo podem ser colocados para trabalhar na criação de assemblagens não tradicionais que se desviam dos arranjos e funções contemporâneos. Um abandono das concepções tradicionais de amizade, de amor, de família, de partido, um abandono das concepções dialéticas e transcendentes de intersubjetividade, de comunidade e de revolução[58].

Existem outros aspectos fungíveis elencados por Roach dos quais participam os jogos afetivos e que

---

57. ROACH, op. cit., 132.
58. Ibid., 134.

possuem evidente relação com a lógica do mercado e com a lógica dos aplicativos de relacionamento. Um deles é a chamada autoabreviação dos sujeitos que criam um perfil nos aplicativos de relacionamento, ou seja, uma espécie de apagamento centrípeto do eu e uma consequente extensão centrífuga: "No Grindr, por exemplo, os usuários são encorajados a se identificarem com uma 'tribo' (ursos, atletas, *twinks*), a se esvaziarem, essencialmente, em um tipo genérico"[59]. E é nesse sentido que transparece a lógica de vitrine de produtos, segundo a qual o autor relaciona a tela principal do aplicativo com as latas de supermercado. Na figura da página seguinte apresentamos uma imagem promocional do Grindr (2020), que enfatiza a diversidade cultural, racial e de gênero de seus usuários e que se assemelha às "100 latas" de Andy Warhol (1962)[60]. Estas imagens expressam a realidade do mercado afetivo e do menu oferecidos pelos aplicativos de relacionamento.

Já um segundo aspecto elencado por Roach, que está também relacionado ao modo como os jogos acontecem, diz respeito às conversas efêmeras e impessoais ao interno dos aplicativos de relacionamento:

---

59. Ibid., 140.
60. Ver em: <https://www.wikiart.org/pt/andy-warhol/latas-de-sopa-campbell-1962>.

Amor a delivery?

Fonte: Cf. Roach, 2021, 145-147.

"O diálogo entre os sujeitos, figurativa e frequentemente, é literalmente sem cabeça: tipos fragmentados e vazios que falam sobre temas aparentemente sem autoria – gírias de diálogo pornográfico, gírias de *hip-hop* e abreviaturas de textos"[61]. A essa forma indireta, livre, descomprometida e efêmera de se comunicar, Roach dá o nome de "neoliberalização da comunicação".

Se é verdade que as novas formas de comunicação são, como foi dito acima, uma verdadeira Revolução Industrial amorosa que, segundo Miskolci, deu um novo contexto para desejos preexistentes, seria verdade também que essas novas formas passaram a modificar nossos próprios desejos? Para responder a essa pergunta faz-se necessário conhecer o que Miskolci entende por desejo digital: "Chamo preliminarmente desejos digitais essas novas formas de expressão do desejo na era das relações criadas por plataformas comunicacionais em rede, e que existem não apenas *online*, mas se estendem também ao *offline*"[62].

Segundo o autor, as tecnologias comunicacionais a que temos acesso nos dias de hoje nos transformaram em seres digitalmente desejantes, e isso modificou os nossos horizontes aspiracionais. Antes estes eram

---
61. ROACH, op. cit., 140-141.
62. MISKOLCI, op. cit.

marcados por expectativas e ideais bem diferentes, que moldavam as vidas sexuais e afetivas construídas de modo predominantemente face a face. Então, com as tecnologias a que temos acesso atualmente, os desejos digitais modificaram a vida das pessoas, e elas se tornaram mais atentas à própria aparência, aderindo a dietas, a exercícios físicos, ao uso de cosméticos e a um maior cuidado no modo de se vestir. Podemos afirmar que, de certo modo, esse desejo de melhorar a própria estética é um dos fatores de objetificação de si e dos outros que é cada vez mais favorecido e exigido pela atual sociedade de consumo, como também afirma Bauman:

> A força propulsiva da atividade do consumidor não é uma gama de necessidades específicas e menos ainda fixas, mas o desejo: um fenômeno muito etéreo e efêmero, elusivo e volúvel e essencialmente não referencial; um impulso autogerado e autoperpetuado que não requer nenhuma desculpa ou justificação, nem término, nem causa. Não obstante as suas variadas e sempre efêmeras reificações, o desejo é "narcisístico": tem por objeto principal a si mesmo e por tal motivo é destinado a permanecer insatisfeito [...]. A "sobrevivência" em jogo não é aquela do corpo ou da identidade social do consumidor, mas aquela do próprio desejo: aquele desejo

que gera o consumidor: o consumante desejo de consumir[63].

Por outro lado, Illouz fala que um dos motivos pelo qual o romance nas redes é incontestavelmente superior aos relacionamentos *offline* é o fato de que o romance cibernético anula o corpo e, por isso, supostamente, faculta uma expressão mais plena do eu autêntico. Desse modo, segundo a autora, a *internet* é apresentada como uma tecnologia descorporificadora, pois, na lógica do computador, a corporificação é comumente representada como um obstáculo lamentável à interação com os prazeres computacionais.

5. O conceito durkheimiano de *homo duplex* e a cultura *hookup* no uso dos aplicativos de relacionamento

Durkheim é um dos autores que mais se dedicou a pensar as modificações que as relações humanas sofreram, principalmente com as rápidas mudanças sociais provocadas tanto pela Revolução Francesa como

---
63. BAUMAN, Z., *La società sotto assedio*, Roma, Laterza, 2003, 200.

pela Revolução Industrial. Desse modo, o sociólogo apresenta a noção de *homo duplex*, ou seja, uma espécie de dualidade que, segundo ele, "é constitucional da natureza humana, pois em todos os tempos o próprio homem teve o vivo sentimento de dualidade"[64]. De um modo concreto, Durkheim apresenta a realidade do corpo e da alma, que não só se apresentam distintos, mas também se apresentam de lados diferentes e opostos. Pois, com frequência, corpo e alma se colocam em conflito entre si, visto que, segundo o sociólogo, "a pátria da alma é outro lugar"[65]. E essa realidade dualística, explicita Durkheim, é uma crença universal e pode ser constatada em toda história humana e nas mais diversas civilizações. O homem, segundo ele, não pode escapar ao sentimento duplo.

Nesse sentido, Durkheim afirma ainda que existe em nós dois polos: aquele da nossa individualidade, no qual esta deseja satisfazer seus instintos egoístas; e, do outro lado, aquele da moralidade, que "só começa, como o desinteresse, com o apego a outra coisa que não a nós mesmos"[66]. É desse modo que o autor forja o conceito de *homo duplex*, por meio do qual se

---

64. DURKHEIM, E., *Sull'educazione sessuale*, Roma, Armando, 2021, 328.
65. Ibid.
66. Ibid., 330.

apresenta a grande complexidade do homem, pois nós não somos simples, a nossa vida interior possui dois centros de gravidade. E, de certo modo, essa complexidade da dualidade humana parece ser um fato que podemos facilmente constatar. De uma parte, como afirma o autor, todos temos a nossa individualidade, cujo fundamento é o corpo físico. De outra, temos aquilo que é externo a nós, que exprime outra coisa que não nós mesmos[67].

Um dos entrevistados por Tedeschi apresenta um certo grau da experiência de dualidade em relação ao mundo dos aplicativos de relacionamento, no contexto da percepção do outro e do elemento da atração física, quando afirma:

> Os aplicativos de relacionamento são coisas novas: ainda vivemos em um condicionamento cultural que nos leva a manter mentalmente os dois mundos separados. E assim as emoções que você realmente sente por uma bela garota no ônibus, por exemplo, são diferentes daquelas que você sente quando a vê pela foto no Tinder, embora a lógica queira lhe dizer que é a mesma coisa[68].

---
67. Ibid., 428.
68. TEDESCHI, op. cit.

Amor a delivery?

Mas é preciso ainda estar atento à grande preocupação de Durkheim, no que diz respeito ao conceito *homo duplex*, que está no fato de que existe uma clara oposição ou fratura entre o eu individual e o eu social. O "eu individual" é entendido como corpo físico que contém a dimensão das paixões, dos sentimentos, das inclinações, dos desejos e das tendências egoístas. Já o "eu social" é concebido como as normas morais que são externas ao eu individual. O "eu social" é que nos diz o que é certo e o que é errado. Nesse sentido, esse eu social parece estar em relação com aquilo que Foucault entende por moral: "um conjunto de valores e regras de ação propostos aos indivíduos e aos grupos por intermédio de aparelhos prescritivos diversos, como podem ser a família, as instituições educativas, as Igrejas etc."[69].

Durkheim afirma, ainda, que é a sociedade, ou os sentimentos elaborados pela coletividade, que nos ensina a cultivar grandes ideais:

> Quando esses ideais movem nossa vontade, nós nos sentimos conduzidos, dirigidos, arrastados por energias singulares, que, manifestamente, não vêm

---

69. FOUCAULT, M., *História da Sexualidade 2: O uso dos prazeres*, Graal, 1998.

de nós, mas se impõem a nós, e pelas quais temos sentimentos de respeito, de temor reverencial, mas também de reconhecimento por causa do conforto que nos transmitem[70].

Nesse sentido, podemos tomar como exemplo a revolução sexual da década de 1960, que foi impulsionada pela separação entre sexo e reprodução, como também as demandas feministas e homossexuais pelo direito ao prazer. "Na sexualidade contemporânea, a procriação ocupa apenas um espaço reduzido e marginal."[71] David Le Breton (2006) nota o caráter ambíguo de uma certa apologia ao corpo sustentada na contemporaneidade:

> A apologia ao corpo é, sem que se tenha consciência, profundamente dualista, opõe o indivíduo ao corpo e, de maneira abstrata, supõe uma existência para o corpo que poderia ser analisada fora do homem concreto. [...] Segundo as palavras de Durkhcim, o corpo é um fator de "individualização", o lugar e o tempo do limite, da separação[72].

---

70. DURKHEIM, op. cit., 341.
71. BOZON, M., *Sociologia da sexualidade*, Rio de Janeiro, FGV, 2004, 43.
72. LE BRETON, D., *A sociologia do corpo*, Petrópolis, Vozes, 2006, 10-11.

Para Miskolci, a principal marca da revolução sexual foi a politização do privado, o reconhecimento do caráter social e histórico da intimidade, da vida pessoal, afetiva e sexual, esferas que passaram a ser enxergadas com o combate pela igualdade, pelo reconhecimento e pela segurança.

A disseminação de tecnologias de comunicação contribuiu para essas mudanças, a começar pela dessacralização do lar, permitida pelo uso do telefone e da televisão. Programas de TV trouxeram o mundo para dentro de casa, assim como o telefone tornou o contato interpessoal mais frequente e individualizado. A individualização caminhou junto com o sentimento de agência e com as transformações culturais, que afirmaram o caráter político do pessoal e íntimo. Criavam-se condições propícias para a emergência de uma nova onda feminista, assim como para a organização política de grupos em defesa dos homossexuais. A sexualidade passava a ser compreendida não mais na chave da reprodução e do casamento, mas como um meio para o prazer e o afeto e, no limite, como uma forma de expressão emocional não necessariamente voltada para o casamento e para a formação de famílias[73].

---

73. MISKOLCI, op. cit.

Mesmo no Japão, país de cultura fortemente patriarcal e comunal, ou seja, no qual as pessoas se casam para o bem da comunidade e com propósitos estrategicamente sociais, a situação também parece ter mudado. Historicamente, o governo desse país exerce enorme influência na vida privada de seu povo, principalmente no que diz respeito a políticas que favoreçam a alta taxa de natalidade, mas motivações relacionadas à liberdade financeira e à insegurança econômica, segundo Catarina Maria Nascimento, têm contribuído cada vez mais para que os cidadãos japoneses prorroguem compromissos afetivos e matrimoniais, preferindo desfrutar e brincar em liberdade:

> Neste momento, a situação no Japão está se aproximando cada vez mais daquela descrita por Zhang et al. (2004, 16) sobre a população panda cativa: os pandas não estão preocupados com a reprodução, especialmente os pandas machos, que preferem brincar – os humanos têm cuidado da reprodução do panda através do manejo comportamental e da inseminação artificial. O mesmo está acontecendo no Japão: as mulheres não querem perder sua liberdade financeira e os homens não têm certeza se podem sustentar uma família inteira por conta própria, portanto preferem brincar e desfrutar de sua

liberdade até que seja hora de se casar e, quando chegar a hora, o governo, ou qualquer outra entidade, se encarregará de encontrar um par com quem procriar e passar a vida[74].

Durkheim, nesse sentido, parece ser rígido, pois segue na direção contrária aos elementos defendidos pela revolução sexual, como a separação entre sexo e compromisso com o outro, bem como as relações sexuais fora da instituição matrimonial. Assim, é contundente em afirmar que, ao realizar uma ação, principalmente no que diz respeito ao prazer, é preciso considerar suas consequências, respeitando sempre o seu grau de durabilidade e de solidez moral:

> Temos necessidade de crer que as nossas ações têm consequências que vão além do momento imediato: que não são totalmente limitadas no tempo e no espaço nos quais são produzidas, mas que os resultados destas são, em certa medida, amplos e de longa duração. Caso contrário, seriam demasiadamente insignificantes: só um pouco mais de um fio as separaria do vazio, e não teriam para nós nenhum interesse. Somente as ações que possuem

---

74. Nascimento, op. cit., 50.

uma qualidade durável são dignas da nossa vontade, somente os prazeres que duram são dignos dos nossos desejos[75].

Nesse sentido, a cultura *hookup* pode ser considerada um elemento inaceitável e contrário às expectativas morais durkheimianas, no que diz respeito ao comportamento do homem social. Mais que isso, muito provavelmente o sociólogo chamaria esse tipo de relação uma profanação:

> O sentimento que está na base da nossa moral é o respeito que o homem inspira ao homem. Como resultado desse respeito, nos mantemos à distância; nós fugimos aos contatos íntimos, não os permitimos; subtraímos tanto o nosso corpo como a nossa vida interior aos olhares indiscretos; nos escondemos do outro, nos isolamos, e esse isolamento é ao mesmo tempo o sintoma e a consequência do caráter sagrado do qual somos investidos. Tocar algo sagrado sem empregar as precauções respeitosas prescritas pelo rito é profaná-lo, é cometer

---

75. DURKHEIM, E., Le scienze positive de la morale en Allemagne, in: *Philosophique*, Cambridge, Selected Writings, 1975, 93-94.

sacrilégio. Do mesmo modo, há uma espécie de profanação em não respeitar os confins que separam os homens, em violar os limites, em penetrar indevidamente o outro[76].

É importante compreender a preocupação de Durkheim, que elabora um discurso que incita o homem a tomar consciência da presença do outro, evitando toda objetificação e, ainda poderíamos dizer, a sua dessacralização. É crucial para o sociólogo que este respeito pela sacralidade do outro esteja na base de toda ação moral. E, nesse sentido, continua Durkheim:

> É este [respeito] aquilo que gera o sentimento e o dever do pudor, seja físico ou moral. Se bem que não há necessidade de mostrar que, no ato sexual, esta profanação atinge uma intensidade excepcional no momento em que duas personalidades em contato causam danos reciprocamente. Nunca o abandono desta cautela, que é somente um dos aspectos da nossa dignidade, é assim total. É nisso que consiste o germe da imoralidade fundamental que tal ato curiosamente complexo contém em si[77].

---

76. Id., *Sull'educazione sessuale*, Roma, Armando, 2021, 86.
77. Ibid.

Andrew Londyn (2017), estudioso do comportamento dos usuários do aplicativo Grindr, principalmente, comenta que um dos maiores problemas dos aplicativos de relacionamento, em geral, é o ciclo interminável de cinismo que essas aplicações favorecem. Segundo ele, os usuários tornam-se cada vez mais frustrados e fora do controle para quebrar tal ciclo vicioso.

Todos conversamos *online* com alguém e pensamos "oh, eu casaria com ele!". Talvez não casar, mas talvez você estivesse interessado em conhecê-lo, ou talvez o visse realmente como um namorado em potencial. Mas então essa pessoa não responde, ele te bloqueia; ele não manda mensagem de volta, ou algo ruim como isso acontece. Inevitavelmente, nossos sentimentos são feridos. Com toda razão, queremos nos proteger de ser feridos no futuro [...]. Cedemos aos instintos básicos uma e outra vez. Sabemos que não é gratificante, mas é a única coisa a fazer. Por isso, saímos do controle [...][78].

Baseado em sua observação, Londyn apresenta pelo menos quatro advertências em relação ao uso dos

---

78. LONDYN, A., *Grindr Survivr: How to find Happiness in Age of Hookup Apps*, CreateSpace Independent Publishing Platform, 2017.

aplicativos de relacionamento, considerando de modo particular o Grindr. A primeira tem relação com os valores e a reputação da pessoa que o utiliza. Londyn afirma que o aplicativo transforma o usuário em um produto barato, sugerindo que há uma desvalorização do próprio usuário diante dos outros. Desse modo, diminui-se a própria possibilidade de encontrar um parceiro potencialmente apto para um relacionamento duradouro. A segunda advertência está em relação à superficialidade. Segundo o autor, o uso dos aplicativos de relacionamento torna as pessoas mais superficiais nas relações. A terceira diz respeito ao uso de aplicativos de relacionamento que pode tornar seus usuários mais tolerantes a comportamentos desagradáveis, inaceitáveis socialmente, e até propensos a aderir a esses comportamentos. E, em relação à chamada cultura hookup alimentada pelos aplicativos, segundo Londyn, esta tende a desumanizar seus usuários, fazendo com que percam de vista valores transcendentes, que, segundo o autor, são inerentes ao ser humano e o distinguem fortemente dos instintos que são próprios dos animais.

Apesar do fato de os aplicativos de relacionamento terem introduzido uma forma radicalmente nova de busca por parceiros, as práticas contemporâneas de namoro são muito diferentes das formas mais antigas, como a dos anos 50, quando a coerção e a violência sexual não eram apenas comuns, mas em grande parte legais. O que as novas tecnologias fazem é possibilitar que os grupos dominantes se comportem mal com mais pessoas e com um senso de maior anonimato[79].

Peter e Valkenburg (2017) realizaram um estudo sobre as relações casuais (hookups) através da internet e o respeito às normas sociais. Segundo a conclusão dos autores, a própria escolha de utilizar a internet para a busca de parceiros e para a eventuais relações de cunho sexual é já um afastamento da norma, tem algo de transgressivo. Além disso, os que buscam sensações mais fortes são mais receptivos ao sexo casual, têm mais parceiros sexuais casuais e também consomem mais materiais sexualmente explícitos. A consequência de tudo isso é que essas pessoas também estão dispostas a sair com alguém que conheceram *online* e a se envolver sexualmente com eles. Seguindo essa linha, a socióloga Aditi Paul revela, por

---

79. Essig, L., *Love, Inc.: Dating Apps, The Big White Wedding, and Chasing the Happily Neverafter*, Oakland, University of California Press, 2019.

meio de sua pesquisa com universitários dos Estados Unidos, que os usuários de aplicativos de relacionamento estão mais propensos às relações sexuais casuais que os não usuários. Além disso, eles estão mais propensos a terem mais parceiros sexuais do que os que buscam parceiros *offline*.

É nesse sentido que as palavras de Durkheim parecem vir de encontro a esta situação com o conceito de "profanação" do outro. O sociólogo, preocupado com a perda que o ser humano pode sofrer em relação ao respeito pela dignidade do outro e de si próprio, é bastante claro ao afirmar:

> Se os indivíduos, depois de se terem doado reciprocamente, reconquistam a independência, a profanação permanece total e sem compensação. Eis por que a moral protesta contra a união livre, abstração feita de subornos [...]. A consciência pública bem sabe que o ato sexual, através de si mesmo, une, que esta força vinculante lhe é intrínseca, e que, dividindo estes vínculos naturais, não os respeitando, se agrava ainda mais aquilo que este ato já tem em si de elemento perturbador[80].

---

80. DURKHEIM, op. cit., 87.

Durkheim, nesse sentido, recomenda a ascese, pois os desejos egoístas do corpo contrariam os fins morais: "Não podemos nos entregar aos fins morais sem nos desprendermos de nós mesmos, sem contradizer os instintos e as inclinações que estão mais profundamente enraizados em nosso corpo". E conclui: "Não existe ato moral que não implique um sacrifício"[81]. É por isso que o exemplo da ascese exprime propriamente este combate que não é realizado sem dor e sem certa repressão dos desejos do corpo.

Desse modo, a solução apresentada por Durkheim para que o ser humano possa de fato alcançar os grandes ideais e civilizar-se é a interiorização das normas e dos ideais coletivos: "Ora, é evidente que paixões e tendências egoístas derivam de nossa constituição individual, ao passo que nossa atividade racional, tanto teórica quanto prática, depende estreitamente de causas sociais"[82]. Assim, "as motivações desviantes têm um caráter social mesmo quando a maior parte da atividade é realizada de uma forma privada, secreta e solitária"[83]. Por isso, o sociólogo afirma que o ser humano necessita reconhecer os valores das normas sociais e

---

81. Ibid., 331.
82. Ibid., 344.
83. BECKER, S., *Outsiders: Estudos de sociologia do desvio*, Rio de Janeiro, Zahar, 2009, 41.

a sua validade, deixar-se moldar a si e seu comportamento por tais valores. Isso sim, segundo Durkheim, salva o homem de render-se aos seus instintos egoístas e faz o ser humano diverso dos animais. Pois as regras morais salvam o homem de si mesmo, e somente com tal interiorização o homem pode entrar em relação justa com os outros e aprimorar o seu ser social com os mesmos valores e as mesmas normas. No fundo, ao homem não há outra escolha: deve renunciar ao egoísmo, pois "a atenção voluntária é, como se sabe, uma faculdade que só desperta em nós sob a ação da sociedade"[84].

Vale a pena recordar essas palavras de Durkheim a respeito da ascese e do sacrifício que o ser humano precisa viver para atingir sua nobreza humana. E, com base em nossa observação, nada disso é oferecido pelos aplicativos de relacionamento, e muito menos pela cultura *hookup*:

> [...] na verdade, a sociedade tem uma natureza própria e, por conseguinte, as exigências são totalmente diferentes daquelas que estão implicadas em nossa natureza de indivíduos. Os interesses do todo não são necessariamente os da parte; por isso é que a sociedade não pode se formar nem se

---

84. Durkheim, op. cit., 45.

manter sem reclamar de nós perpétuos sacrifícios, que nos são custosos. Pelo simples fato de que nos ultrapassa, ela obriga que ultrapassemos a nós mesmos; e ultrapassar-se a si mesmo é, para um ser, sair em certa medida de sua natureza, o que não acontece sem uma tensão mais ou menos penosa[85].

É verdade que as afirmações de Durkheim podem nos parecer um pouco estranhas. E isso é normal, nossa consciência antropológica e social mudou. Durkheim, como todos nós, é filho do seu tempo (final do século XIX e início do século XX). O sociólogo foi inspirado por acontecimentos históricos e por sua própria cultura. Porém, sua preocupação é muito atual. Para Durkheim, é indispensável que se criem estruturas sociais preventivas dentro das quais o homem não sofra fragmentações no seu eu mais profundo, ou seja, não se deixe desumanizar, não caia em atitudes de autoprofanação. E é exatamente esse o ponto chave que seguramente pode contribuir para a nossa reflexão sobre o uso dos aplicativos de relacionamento e suas principais consequências para as relações humanas atuais.

---
85. Ibid.

Capítulo IV

Perspectivas pastorais sobre as relações nas redes

O documento *Gaudium et Spes*, do Concílio Vaticano II, promulgado cerca de 70 anos atrás, já afirmava que não há realidade alguma verdadeiramente humana que não encontre eco no coração dos discípulos de Cristo[1]. É nesse sentido que, para realizar sua missão evangelizadora no mundo, a Igreja é

---

1. Concílio Vaticano II, *Gaudium et Spes*, 1.

chamada a não temer os desafios que se colocam diante do ser humano no mundo atual. O Papa Francisco, seguindo com fidelidade as inspirações do Concílio, nos convida constantemente a libertar-nos dos medos, dos preconceitos e dos moralismos para alcançarmos os homens e mulheres de hoje tais como se apresentam, com seus sonhos e anseios, com sua realidade de riquezas e misérias.

Assim, para uma pastoral eficiente, principalmente com as novas gerações, faz-se necessário um olhar pastoral de natureza antropológica para compreender os desafios que as tecnologias digitais estão trazendo ao complexo mundo dos afetos e da sexualidade humanos. Desse modo, nos propomos, no presente capítulo, a ler os fenômenos das relações afetivas e as novas tecnologias digitais com um olhar atento e realístico e, principalmente, ancorado na sólida antropologia cristã do amor e do desejo humano.

1. Recuperar os gestos afetivos: uma contribuição à luz da Encíclica *Fratelli Tutti*

Hoje podemos reconhecer que "alimentamo-nos com sonhos de esplendor e grandeza, e acabamos por comer distração, fechamento e solidão;

empanturramo-nos de conexões e perdemos o gosto da fraternidade. Buscamos o resultado rápido e seguro, e encontramo-nos oprimidos pela impaciência e pela ansiedade. Prisioneiros da virtualidade, perdemos o gosto e o sabor da realidade"[2].

A Encíclica *Fratelli Tutti*, embora não tenha por objeto principal o tema da cultura digital, dedica alguns pontos de reflexão que podem oferecer uma contribuição no que diz respeito à realidade dos jogos afetivos e à lógica de mercado presentes no uso dos aplicativos de relacionamento. Um dos paradigmas apresentados pela *Fratelli Tutti* diz respeito às ilusões existentes dentro universo das redes sociais e das plataformas digitais, e mostra que estas dificilmente podem oferecer espaços ideais para a intimidade e para a socialização. De modo particular, o documento fala da perda dos ritos de encontros comunicativos, como o silêncio e a escuta. Em sua recente mensagem, por ocasião do 57° dia mundial das comunicações sociais, o Papa dedicou estas belas palavras sobre a importância da escuta com o coração como condição para sintonizar-se com o outro:

---

2. FRANCISCO, *Fratelli Tutti*, 33.

Amor a delivery?

Trata-se de um coração que revela, com o seu palpitar, o nosso verdadeiro ser e, por essa razão, deve ser ouvido. Isso leva o ouvinte a sintonizar-se no mesmo comprimento de onda, chegando ao ponto de sentir no próprio coração também o pulsar do outro. Então pode ter lugar o milagre do encontro[3].

A compreensão dessa carência de ritos afetivos pode ser explicitada de modo particular com o funcionamento das relações digitais no que diz respeito aos cliques e às mensagens rápidas e ansiosas. E tal realidade pode colocar em perigo a estrutura básica de uma comunicação humana sábia. Segundo Francisco, desse modo cria-se um novo estilo de vida, no qual cada um constrói o que deseja ter à sua frente e, assim, exclui tudo aquilo que não se pode controlar ou conhecer, de modo superficial e instantaneamente. Assim, o outro, diante de mim, parece perder o seu valor e sua dignidade facilmente.

A compreensão oferecida pela *Fratelli Tutti* pode evocar aquilo que Roach também sinalizava na relação entre o uso de aplicativos de relacionamento e o abandono das concepções tradicionais de amizade, de amor,

---

3. FRANCISCO, *Mensagem do Papa Francisco para o LVII Dia Mundial das Comunicações Sociais*.

de família, de partido etc. Pode provocar ainda um abandono das concepções dialéticas e transcendentes de intersubjetividade e do sentido de comunidade. Do mesmo modo, Giovanni Cucci afirma:

> As relações virtuais podem certamente acompanhar as reais, mas não as substituir; quando isso acontece, corremos o risco de nos privar [...] da elaboração de algumas características fundamentais do viver junto ao outro, como a ternura e a empatia, levando assim àquelas situações de não afetividade, à incapacidade de ter claros os próprios sentimentos[4].

Desse modo, o que vale para as redes sociais em geral pode ser muito bem aplicado aos jogos que acontecem dentro dos aplicativos de relacionamento. Como podemos constatar a partir do funcionamento dos aplicativos, existe um alto grau de imediatismo e de superficialidade, a partir dos quais dificilmente as relações se aprofundam caso não rompam com sua lógica de mercado e de consumo. Nesse sentido, a *Fratelli Tutti* fala do mecanismo da seleção e do descarte nas

---

4. CUCCI, G., *Paradiso virtuale o infer.net? Rischi e opportunità della rivoluzione digitale*, Milano, Ancora, 2015, 45.

redes, no qual existe uma evidente objetificação do outro. E essa realidade se verifica a partir de uma clara expressão da lógica do mercado afetivo que, como vimos, é tão presente no uso dos aplicativos de relacionamento:

> Em consequência, implementa-se um mecanismo de "seleção", criando-se o hábito de separar imediatamente o que gosto daquilo que não gosto, as coisas atraentes das desagradáveis. A mesma lógica preside a escolha das pessoas com quem se decide partilhar o mundo. Assim, as pessoas ou situações que feriam a nossa sensibilidade ou nos causavam aversão hoje são simplesmente eliminadas nas redes virtuais, construindo-se um círculo virtual que nos isola do mundo em que vivemos[5].

Francisco, nesta encíclica que tem por tema principal a amizade social, apresenta sua preocupação com o real encontro humano, no qual deve ser superado o narcisismo, elemento chave impresso na lógica competitiva de mercado: "os meios de comunicação digitais podem expor ao risco de dependência, de isolamento e de perda progressiva de contato com a realidade concreta, dificultando o desenvolvimento de relações

---

5. FRANCISCO, *Fratelli Tutti*, 47.

interpessoais autênticas"⁶. Na Exortação Apostólica *Christus Vivit*, escrita por ocasião do Sínodo sobre os jovens, em Roma, realizado em 2019, o Papa já reconhecia os riscos das redes sociais, mas também as oportunidades oferecidas por elas no que diz respeito às relações ao seu interno:

> A *internet* e as redes sociais geraram uma nova maneira de se comunicar e de criar vínculos, sendo uma "praça" na qual os jovens passam muito tempo e se encontram facilmente, embora nem todos tenham acesso igual, particularmente em algumas regiões do mundo. Em todo o caso, constituem uma oportunidade extraordinária de diálogo, de encontro e de intercâmbio entre as pessoas, bem como de acesso à informação e ao saber⁷.

Na *Fratelli Tutti*, o Papa também reconhece que é possível, através das mídias sociais, que se fomentem os valores de solidariedade e a vivência de valores altruísticos, e inclusive as redes podem nos ajudar a sermos mais próximos uns dos outros. O Papa afirma ainda que, especialmente em nossos dias, as redes de

---
6. Ibid., 43.
7. FRANCISCO, *Christus Vivit*, 87.

comunicação humana atingiram progressos nunca antes vistos, e que a *internet* pode sim ser um meio para promover encontros e gestos de solidariedade. Porém, em seguida, adverte:

> Mas é necessário verificar, continuamente, que as formas atuais de comunicação nos orientem efetivamente para o encontro generoso, a busca sincera da verdade íntegra, o serviço, a aproximação dos últimos e o compromisso de construir o bem comum. Ao mesmo tempo, como indicaram os bispos da Austrália, "não podemos aceitar um mundo digital projetado para explorar as nossas fraquezas e pôr para fora o pior das pessoas"[8].

É assim que o Papa evoca a recuperação de gestos afetivos. Para Francisco, as relações que se dão na conexão digital carecem de elementos afetivos que estão intrinsecamente ligados ao desenvolvimento de relações saudáveis. Existe, desse modo, a necessidade de gestos físicos – utilizando a terminologia proposta por Eric Berne –, de "estímulos" que o mundo digital não é capaz de oferecer em profundidade.

---

8. FRANCISCO, *Fratelli Tutti*, 205.

Illouz, nesse sentido, sinaliza que as relações que se estabelecem nas redes carecem de elementos fundamentais das relações afetivas. Para a socióloga, as reações provocadas no corpo são essenciais para que os sentimentos possam ser devidamente moldados nos indivíduos que entrem em relação entre si:

> Mas, se é assim, do ponto de vista de uma sociologia dos afetos, isso deveria criar um problema especial, pois os afetos, em geral, e o amor romântico, em particular, alicerçam-se no corpo. As palmas das mãos suadas, o coração disparado, as faces ruborizadas, as mãos trêmulas, os punhos cerrados, as lágrimas, a gagueira, tudo isso são apenas alguns exemplos dos modos pelos quais o corpo está profundamente envolvido na experiência dos afetos e, em particular, do amor. Se é assim, e se a *internet* anula ou põe entre parênteses o corpo, como ela pode moldar os sentimentos, se é que o faz?[9]

Francisco também segue a mesma lógica ao considerar que o elemento propriamente físico é indispensável para uma comunicação verdadeiramente humana:

---

9. ILLOUZ, op. cit.

Fazem falta gestos físicos, expressões do rosto, silêncios, linguagem corpórea e até o perfume, o tremor das mãos, o rubor, a transpiração, porque tudo isso fala e faz parte da comunicação humana. As relações digitais, que dispensam da fadiga de cultivar uma amizade, uma reciprocidade estável e até um consenso que amadurece com o tempo, têm aparência de sociabilidade, mas não constroem verdadeiramente um "nós"; na verdade, habitualmente dissimulam e ampliam o mesmo individualismo que se manifesta na xenofobia e no desprezo dos frágeis. A conexão digital não basta para lançar pontes, não é capaz de unir a humanidade[10].

Desse modo, poderíamos destacar três aspectos fundamentais presentes na *Fratelli Tutti* em relação à comunicação humana na cultura digital:

1. **Gestualidade corporal/afetiva**: na comunicação humana os gestos são essenciais para dar-se a conhecer e também para conhecer o outro. Nesse sentido, as relações digitais são precárias quanto à gestualidade.

---

10. Francisco, *Fratelli Tutti*, 43.

2. **Reciprocidade**: a comunicação é sempre relação com alguém, que exige consenso e tempo para amadurecer. Já as relações digitais se estabelecem em torno do imediatismo.
3. **Relações digitais e falsa sociabilidade**: as relações digitais não constroem um verdadeiro "nós", dissimulam e, desse modo, contribuem para que predomine o individualismo.

2. "A época dos ritos tristes": uma proposta de superação

> O remédio para a luxúria é o amor.
> **Rubem Alves**

Os aplicativos de relacionamento conseguirão digitalizar a ritualidade do amor? Essa é a pergunta que faz Manuel Belli (2021), que define o tempo atual como a época dos ritos tristes. Desse modo, ele evoca a urgência de uma "liturgia", isto é, de uma gestualidade que seja emissora de uma mensagem sólida e significativa e que supere a fluidez da nossa época. "Também o amor possui seus ritos, e vivê-los sem levar em conta a gradualidade e o aprendizado é um risco. Tornar-nos-iam menos humanos."[11] No que diz respeito

---

11. BELLI, op. cit., 194.

aos aplicativos de relacionamento, Belli os considera parte integrante da ritualidade triste hodierna. Elucida que a lógica do funcionamento dos aplicativos de relacionamento é a grande estimuladora dos gestos fluídos em seus usuários.

Segundo Belli, a liturgia triste proposta pelos aplicativos de relacionamento pode ser compreendida já no início de seu ritual, exatamente porque o ponto de partida das relações nos aplicativos é a fotografia:

> O *slogan* "o olho também quer sua parte" tem sido usado desde tempos imemoriais e não é uma invenção dos aplicativos de relacionamento. Mas o mecanismo é blindado: começa-se com o olho, e, entre outras coisas, o olho encontra uma fotografia. [...] Começa com a atração física por certos elementos que devem ser bem enfatizados nas fotos a fim de ter mais esperança. E não é o sorriso ou a simpatia. [...] Os aplicativos de relacionamento desnudam, ainda que se esteja totalmente vestido: você só pode esperar atrair a atenção se você expuser seu corpo a um julgamento de caráter impulsivo[12].

---

12. Ibid., 182.

Segundo Belli, vivemos em uma época na qual é predominante o estado de "analfabetismo amoroso e erótico". Os aplicativos de relacionamento representam uma promoção de um perene estado de adolescência que anula as expressões físicas e afetivas como o embaraço e a inibição, expressões estas que são próprias da ritualidade do encontro amoroso, e sem as quais seus usuários podem correr o risco de continuamente trafegar pelo estado infantil do *eros*. Além disso, os aplicativos de relacionamento podem funcionar como ladrões de imaginação que profanam a nossa capacidade de imaginar e sonhar com o outro: "Achamos que vemos tudo – uma pessoa, isto é uma pessoa –, mas então a levamos tão rapidamente para as regiões inferiores, como se fosse um par de sapatos"[13].

Nesse sentido, nos propomos a apresentar três paradigmas que, segundo a nossa análise, sintetizam a lógica do mecanismo dos aplicativos de relacionamento e que, de certo modo, condicionam os jogos afetivos ao interno de tais aplicativos:

---

13. MURPHY, M. P., Swipe left: A theology of Tinder and digital dating, *America Magazine*, 17 ago. 2015, disponível em: <https://www.americamagazine.org/content/all-things/i-want-hold-your-hand-new-frontiers-dating>. Acesso em: 26 maio 2022.

Paradigma espacial: existe um cancelamento das distâncias e uma subversão dos limites. Os serviços de geolocalização e a lógica de funcionamento dos aplicativos de relacionamento evidenciam ainda mais essa realidade. Assim, a proximidade geográfica passa a ser essencial e decisiva para seleção de parceiros nesses aplicativos.

Paradigma temporal: ignora-se o tempo e gradualidade, necessários para a construção da intimidade. Os aplicativos de relacionamento apostam seu funcionamento na oferta de um serviço estrategicamente produzido para que o usuário possa ter a falsa sensação que está ganhando tempo e está conquistando sucesso o mais rápido possível. Os aplicativos, desse modo, devem ser eficientes (precisam funcionar corretamente) e eficazes (precisam alcançar o resultado esperado). Assim, os encontros são condicionados pela imediatez e pela fluidez oferecidas pela lógica de seu funcionamento.

Paradigma teleológico: o *telos* apresentado pelos aplicativos de relacionamento é a satisfação imediata das necessidades do usuário/consumidor. Nesse sentido, as relações que se desenvolvem nos aplicativos de relacionamento tendem a ser frágeis. Dificilmente existe continuidade em tais relações. A lógica mercantil do aplicativo não favorece promessas de fidelidade. Se entre dois usuários existe o desejo de construir a intimidade e um relacionamento duradouro, se faz necessário o abandono de tais aplicativos. E não parece ser esse o desejo dessas empresas que lucram com o mercado afetivo.

Após observar tais paradigmas que, como dissemos, podem sintetizar a lógica promovida pelos aplicativos de relacionamento, propomos como antídoto contra esta lógica três novos paradigmas. Para isso, recorremos ao clássico da literatura universal, a famosa fábula *O pequeno príncipe*, de Saint-Exupéry. Nessa belíssima fábula, o autor apresenta o rico diálogo entre o príncipe a raposa, que, distante de ser considerado simplisticamente apenas uma estória com componentes da fantasia e da literatura infantil, pode oferecer pistas que contrastam com o ritual dos jogos afetivos oferecidos na lógica dos "encontros" que se dão através dos aplicativos de relacionamento. O ritual desenhado pela fábula, então, é concebido como gestualidades que quebram a monotonia e produzem esperança. No rito afetivo, os encontros são preparados dentro de um espaço-tempo que não permite que a experiência afetiva se dissolva no deslocamento superficial da banalidade e do esquecimento. Recordemos o trecho em questão:

Amor a delivery?

O que devo fazer? – perguntou o pequeno príncipe. – Deve ser muito paciente – respondeu a raposa. – A primeira coisa é sentar um pouco mais longe de mim, isso, na relva. Eu olho para você de rabo de olho e você não diz nada. A linguagem é fonte de mal-entendidos. Porém, a cada dia que passa, você se aproxima um pouco mais... No dia seguinte, o príncipe voltou. – Seria preferível vir à mesma hora – disse a raposa. – Se vier, por exemplo, às quatro da tarde, começarei a ficar feliz a partir das três. À medida que a hora avançar, me sentirei mais feliz. Às quatro, já estarei agitado e preocupado; descobrirei o preço da felicidade! Mas, se vier a qualquer hora, nunca saberei o momento de preparar o meu coração... Rituais são necessários. – O que é um ritual? – quis saber o pequeno príncipe. – É uma coisa muito esquecida também – disse a raposa. – É o que faz com que um dia seja diferente dos outros dias, uma hora das outras horas. Há um ritual, por exemplo, entre os meus caçadores. Às quintas-feiras, eles dançam com as moças da aldeia. Então, a quinta-feira é um dia maravilhoso! Aproveito para passear até o vinhedo. Se os caçadores dançassem a qualquer hora, os dias seriam todos iguais e eu não teria feriados.

A fábula evoca elementos que podem servir de antídoto contra a "profanação" nas relações humanas. Os ritos afetivos evocados na estória elaboram um paradigma de comunicação afetiva que estabelece aquilo que tanto a *Fratelli Tutti* como Belli chamam de gradualidade contra o imediatismo. O encontro, aqui, é estabelecido a partir de um diálogo no qual a distância é sinal de respeito à sacralidade do outro. O elemento teleológico que rege a reclamação da raposa pelo comportamento idealizado do pequeno príncipe é a felicidade. Nesse sentido, a ritualidade se dá através da graduação da aproximação tanto física como a partir de gestos corteses. Desse modo, a raposa reclama o ritual como condição de possibilidade para um autêntico conhecimento mútuo. Assim o pequeno príncipe é convidado a uma duradoura relação que seguirá amadurecendo através do sagrado respeito aos ritmos ditados pelo tempo e pelo espaço.

Portanto, podemos citar três paradigmas essenciais inspirados no pedido do ritual feito pela raposa ao pequeno príncipe na fábula, paradigmas que podem nos ajudar a superar o mecanismo proposto pelos aplicativos de relacionamento e, assim, alimentar relações verdadeiras e saudáveis, evitando qualquer sinal de profanação e promovendo a construção da intimidade:

Paradigma espacial: faz-se necessária a distância inicial como atitude de reverência e zelo a si mesmo e ao outro. Ao apresentar-se, o pequeno príncipe deseja romper as distâncias e se aproximar instintivamente da raposa. Mas tal atitude é imediatamente reprovada pela raposa. Ela reclama o ritual. Distante de qualquer banalização no encontro, a raposa evoca a distância como condição de possibilidade para um verdadeiro e duradouro encontro.

Paradigma temporal: diz respeito ao acatamento do tempo e ao cuidado pela aproximação gradual do outro. A imediatez do encontro, assim, é substituída pelo respeito que se demonstra, através da aproximação cuidadosa e gradual, aos ritmos estabelecidos pelo tempo e pelo amadurecer do relacionamento. Assim, o encontro entre o pequeno príncipe e a raposa tem tempo limitado e é feito de pausas, de distâncias e de silêncios. Compreendemos, assim, que, para a construção da intimidade, é preciso ir embora, deixar o outro respirar, sentir sua ausência e criar espaço para a saudade.

Paradigma teleológico: o *telos* ou finalidade que deseja ser alcançado pela raposa através do encontro com o pequeno príncipe é a felicidade: "Descobrirei o preço da felicidade". E esta se alcança através da fidelidade ao compromisso assumido entre os dois.

Trata-se do cumprimento da promessa feita diante do outro, que visa a garantir a continuidade do encontro. O pedido da raposa pelo encontro com hora marcada evoca esta fidelidade. O encontro, assim, é marcado pelo ritual amoroso que leva em consideração a aproximação gradual, o respeito ao tempo e a construção da intimidade. Só assim o encontro não correrá o risco da banalização e fará diferença na vida dos dois. Utilizando o conceito de Durkheim, o encontro evitará a profanação.

Desse modo, percebemos que a fábula *O pequeno príncipe* é iluminadora, e os três paradigmas que aqui apontamos podem funcionar como um antídoto contra a banalização ou profanação dos encontros que a lógica de funcionamento dos aplicativos de relacionamento oferece. Os paradigmas apresentados podem auxiliar na tomada de consciência do indivíduo que se aventura na complexa construção de relações menos frágeis e, assim, na tomada de distância da lógica mercantilista dos afetos, tão necessária para a superação da "época dos ritos tristes".

Podemos afirmar, ainda, que a fábula reclama a preservação do amor romântico, que em nossos dias não é pouco ameaçado e que não raras vezes é visto com certo ceticismo, principalmente pelas gerações mais jovens. Será que o chamado "amor à primeira vista" é uma "espécie" em risco de extinção? Seriam os aplicativos de relacionamento um dos responsáveis desse possível extermínio, ou uma das consequências do aparente fracasso das relações românticas?

[O amor à primeira vista] é vivenciado como um acontecimento singular, que irrompe de maneira abrupta e inesperada na vida da pessoa; é inexplicável e irracional; é acionado imediatamente após o primeiro encontro e, portanto, posso acrescentar, não se baseia em nenhum conhecimento cognitivo cumulativo da outra pessoa. Essa experiência transtorna a vida cotidiana do indivíduo e funciona como uma profunda comoção da alma. As metáforas usadas são de calor, de ímã, de trovão, de eletricidade, todas indicando uma força esmagadora e irresistível. E creio que a *internet* marca um afastamento radical dessa tradição do amor[14].

Desse modo, enquanto o amor romântico caracteriza-se pela espontaneidade, as relações digitais exigem um modo racionalizado de escolha do parceiro, o que, de certa forma, contradiz com a ideia de amor como uma revelação inesperada e surpreendente, revelação

---

14. ILLOUZ, op. cit.

essa que, muitas vezes, se apresenta até como uma realidade que irrompe na vontade e até mesmo na razão do sujeito apaixonado. Blaise Pascal afirmava que o coração tem razões que a razão desconhece. Isso quer dizer que as novas tecnologias, que se concretizam através dos aplicativos de relacionamento, tendem a aumentar a instrumentalização das interações românticas. Essas tecnologias passam a destacar o valor, ou seja, o custo e o benefício que os indivíduos atribuem a si mesmos e aos outros segundo a devastadora lógica do mercado. Essa transformação do outro em valores de mercado é um dos principais fatores pelo qual é forjada a época dos ritos afetivos tristes. Advertir as consciências a respeito de tal realidade pode ser já um bom começo para a construção de uma sonhada cultura de ritos felizes.

3. A gratuidade do amor versus a lógica das finanças

> Quantos amores tristes, jogados na sombra do engano, do acaso, da rejeição!
> O Ágape ama sem fazer cálculos.
> **Ermes Ronchi**

Rubem Alves[15] realiza uma interpretação sobre a parábola do Evangelho conhecida como a do pai

---
15. A reflexão é extraída de ALVES, R., *O Deus que conheço*, Rio de Janeiro, Verus, 2010.

misericordioso, que pode ser inspiradora ao propormos considerar os traços de um relacionamento profundo e duradouro. Alves elucida seu pensamento citando o retorno do filho pródigo e perdido, preocupado com seus pecados e débitos diante da tragédia de um vínculo de amor com o pai aparentemente rompido por causa de suas péssimas escolhas. E de fato o jovem teria razões para sentir-se assim. O filho havia pedido sua herança antecipadamente e só estava retornando a casa por necessidade, por sobrevivência. Desse modo, preocupado com os débitos a pagar ao pai, o filho se dispõe, no auge de seu desespero, até mesmo a ser recebido na casa de seu pai sob a condição de empregado. Pensava assim que, desse modo, podia justamente "sanar seus débitos" para com aquele a quem havia rejeitado e abandonado. Mas, para a sua surpresa, seu pai rompe tal lógica de "justiça" e o recebe com gestos que convidam o filho mais jovem a assumir um olhar de esperança e reconciliação sobre sua condição precária e mesquinha.

Alves diz que o retorno do filho mais novo é marcado pela surpresa de um sincero e compreensivo amor paterno e gratuito, que pode ser explicitado através das seguintes palavras dirigidas ao garoto: "Filho, eu não somos débitos!". Desse modo, o jovem é inserido na lógica do amor que não conhece a negatividade de suas ações, mas o valor inestimável dos laços que dificilmente podem ser mutilados. Assim se encarna a realidade concreta da misericórdia que sana os infortúnios que haviam fraturado a relação dos dois. Dessa maneira, a alegria pelo retorno do filho restaura a intimidade congênita entre os dois. A ação misericordiosa do pai é tão radical que preserva e restaura a dignidade do filho. Tal ação permite ao filho retornar ao sentimento de pertença ao clã familiar e à certeza de que continua a habitar a casa paterna com todos os direitos e, acima de tudo, reconciliado com o seu passado. Desse modo, o medo da rejeição é substituído pela festa da acolhida; a fome, pela abundância da mesa; a solidão do abandono dos colegas da "farra", pela presença de amigos que também se alegram pelo retorno dele. O filho mais novo, agora, habita novamente seu lar e pode recostar a cabeça na segurança do amor desinteressado daquele que nunca o excluiu do coração.

A parábola, porém, não termina com o retorno do filho esbanjador. Após o relato da chegada do filho mais novo, entra em cena o irmão mais velho. Este, sentindo-se injustiçado, reclama o amor do pai a partir de seus feitos e de sua fidelidade diante dos serviços prestados ao pai por longos anos. O filho mais velho, ao contrário do irmão infiel, considera seu pai um devedor e procura um modo pelo qual seu genitor possa saldar as dívidas que tem com ele. Este filho, ainda que sua fidelidade o tenha mantido dentro dos átrios geográficos de sua casa, revela-se não habitante dela. Parece viver mais em um posto de trabalho do que em seu próprio lar. Não vive nem aceita sua liberdade de filho, mas um estilo de vida servil. Não há, nesse sentido, da parte do filho mais velho uma relação gratuita de amor, mas um contrato entre um empregado com seu patrão. Assim, se a distância entre o jovem esbanjador e o pai era espacial, a longitude entre o filho mais velho e seu pai era pautada pela tristeza de ocupar o mesmo espaço não com o afeto de um filho, mas com o temor de um servo. Rubem Alves também sintetiza esse tipo de relação ao colocar na boca do pai estas palavras dirigidas ao filho mais velho: "Filho, eu não somos créditos!".

Assim, podemos constatar que ambos os filhos vivem relações que se pautam por lógicas econômicas, e não pelo amor gratuito. Desse modo, com a atitude surpreendente do pai, os dois, de diferentes maneiras, são convidados pelo genitor a abandonar seus sistemas afetivos reféns da lógica de débitos e créditos para abraçar a lógica do amor gratuito.

Mas o que esta narrativa teria a ver com as relações que obedecem à lógica dos aplicativos de relacionamento? Certamente, os paradigmas propostos pelo Evangelho, especialmente na parábola do pai misericordioso, evocam um modo diverso daqueles sugeridos pelo "*homo economicus*". Assim, sem juízos morais apressados ou moralismos, o Evangelho apresenta uma proposta que se opõe radicalmente ao consumo descartável das relações, das pessoas, de seus afetos e desejos. A parábola é um convite a abraçar o zelo pela dignidade do amor que não descarta e que, ainda mais, repara as feridas. Essa narrativa é uma espécie de alerta para que sejamos "inteligentes", isto é, que saibamos "olhar dentro" das pessoas para evitar toda forma de consumo desumanizador, de objetificação do outro. É um apelo a não permanecer nas superfícies do desejo de consumir desenfreadamente. É uma parábola que nos insere no *ordo amoris* e nos permite reconhecer o amor segundo a sua própria lógica.

Afinal, existe amor nos aplicativos de relacionamento?

De tudo, ficaram três coisas: a certeza de que ele estava sempre começando, a certeza de que era preciso continuar e a certeza de que seria interrompido antes de terminar.

Fazer da interrupção um caminho novo. Fazer da queda um passo de dança, do medo uma escada, do sono uma ponte, da procura um encontro.

Fernando Sabino

Amor a delivery?

> Algum dia, quando tivermos dominado
> os ventos, as ondas, as marés e a gravidade,
> utilizaremos as energias do amor.
> Então, pela segunda vez na história do mundo,
> o homem descobrirá o fogo.
>
> **Teilhard de Chardin**

No presente texto, quisemos apresentar o mecanismo e a complexidade nos quais se estabelecem os jogos afetivos na era digital ao interno dos aplicativos de relacionamento. Como vimos, tais aplicativos obedecem, de modo especial, a uma lógica: aquela do mercado, lógica esta que estabelece regras como em um jogo e que compõe um mercado afetivo marcado pela competição e por "relacionamentos fracos". Nesse sentido, podemos constatar que o conceito de amor é quase um tabu nos aplicativos de relacionamento. Embora precisemos de estudos mais aprofundados, sustentamos que esse tabu em relação ao amor se dá pela própria lógica mercantil dos aplicativos de relacionamento, que são delineados pela lógica do desejo, não do amor. Mas de que espécie de amor estamos falando?

Sustentamos nosso entendimento do amor dentro da antropologia cristã, e compreendemos que é algo que se dá não no jogo infantil e mercantil dominado pela exclusividade erótica, mas na experiência que se torna descoberta do outro, superando assim o caráter egoísta [...]. O amor torna-se cuidado do outro e pelo outro. Já não se busca a si próprio, não busca a imersão no inebriamento da felicidade; procura, ao invés, o bem do amado: torna-se renúncia, está disposto ao sacrifício, antes procura-o[1].

Portanto, a lógica do amor que sublinhamos tem caráter de cuidado pelo outro. Sobre o amor, Santo Inácio de Loyola tem uma bela definição: "o amor é comunicação de ambas as partes, isto é, quem ama doa e comunica ao amado tudo o que possui e tudo o que pode, e, desse modo, o amado faz o mesmo"[2]. De acordo com a antropologia cristã do amor, este não é egoísta e está disposto a renúncias e sacrifícios pelo outro como expressão concreta de uma doação total:

> O amor é paciente, é bondoso, não é invejoso, não é presunçoso nem se incha de orgulho; não faz nada de vergonhoso, não é interesseiro, não se encoleriza, não leva em conta o mal sofrido, não se alegra com a injustiça, mas fica alegre com a verdade. Ele tudo desculpa, crê tudo, espera tudo. O amor jamais acabará (1Cor 13,4-8).

---

1. BENTO XVI, *Deus Caritas est*, 2005, 6.
2. LOYOLA, op. cit., 231.

Amor a delivery?

Além disso, o amor não é passageiro nem pode ser concebido dentro de realidades de encontros efêmeros, limitados ao prazer biológico, ou mesmo levado aos ventos de tempestades sentimentais. Porém, é interessante notar que, ao fazer sua consideração sobre o amor erótico, Bento XVI não rejeita a sua importância, mas propõe uma necessária purificação. Pois, para que possa ser verdadeiro e duradouro, o *eros* necessita caminhar pela estrada das renúncias:

> O amor promete infinito, eternidade – uma realidade maior e totalmente diferente do dia a dia da nossa existência. E o segundo é que o caminho para tal meta não consiste em deixar-se simplesmente subjugar pelo instinto. São necessárias purificações e amadurecimentos, que passam também pela estrada da renúncia. Isso não é rejeição do *eros*, não é o seu "envenenamento", mas a cura em ordem à sua verdadeira grandeza[3].

Portanto, quando falamos em jogos afetivos ao interno dos aplicativos de relacionamento, não tocamos diretamente no conceito de amor, nem mesmo observamos a profundidade daquele erótico que, como disse

---

3. Bento XVI, op. cit., 5.

o filósofo sul-coreano Byung-Chul Han (2012), "está em agonia". Porém, é verdade que carecemos de dados a respeito dos relacionamentos que se iniciaram nos aplicativos de relacionamento e que "deram certo", e, de fato, pela nossa experiência, eles existem, sim. É importante também considerar que, ainda que tenhamos tratado de aplicativos de relacionamento no sentido geral, cada um deles, como vimos, possui identidades diferentes e oferece seus mais variados serviços a diversos grupos de pessoas. É verdade também que alguns aplicativos de relacionamento se consideram "mais sérios" que outros, como o Muzmatch, e outros nem tanto, como Grindr, mas sustentamos que a lógica de seu funcionamento é sempre a mesma. Existe sempre aquele mecanismo do mercado afetivo que, entre outras tantas modalidades, se evidencia através do menu quase infinito de possibilidades de escolha.

É importante ressaltar também que, na sociedade atual, tão globalizada e plural, essas possibilidades são evidentes também fora dos aplicativos de relacionamento. Mas a grande novidade destes é que, como muitos restaurantes que na era digital já não contam com cardápios impressos, o menu dos aplicativos está ao alcance dos dedos. Nesse sentido, nossa tese é de que um dos fortes motivos pelo qual existem relacionamentos duradouros que se deram por meio dos aplicativos de relacionamento tem sua causa no abandono do uso desses aplicativos e da sua lógica mercantil. Pois "os aplicativos de relacionamento tendem a transformar as relações sentimentais em um jogo que se baseia em uma lógica consumista. E os usuários são bem conscientes deste fato"[4]. Do contrário, se os que buscam por relacionamentos sérios não abandonam os aplicativos de relacionamento e sua lógica, essas pessoas tendem a continuar atuando como "nômades afetivos". Transformam-se em consumidores viciados nos jogos afetivos oferecidos pelo mecanismo do menu, sempre atraente e atualizado com novos perfis e novas possibilidades. Nesse sentido, permanece a pergunta se os aplicativos de relacionamento são, de fato, meios ideais para construir histórias afetivas estáveis e duradouras.

Não tivemos, aqui, a pretensão de esgotar o tema, com conclusões apressadas e simplistas. Este texto é apenas introdutivo. Trata-se apenas de uma provocação. Se é verdade que o número de aplicativos de relacionamento aumenta a cada instante, com aprimoradas modalidades de ofertas e jogos inovativos, é também verdade que seu mecanismo obedece à lógica frenética

---

4. BANDINELLI, C.; GANDINI, A., Sesso, amore e dating, in: *Il nostro quotidiano digitale*, ano LXXI, n. 519, Bologna, Il Mulino, 2022, 131.

de mercado e dificilmente a abandonará. E claro, as empresas que investem nesses aplicativos, para aumentar ainda mais seu sucesso, continuarão focalizando as necessidades humanas, principalmente a mais necessárias de todas, aquela da socialização, da necessidade de estímulos, da incansável busca humana pelos afetos. Nesse sentido, cabe-nos discernir as ofertas do paraíso digital e superar aquelas que nos induzem a analfabetismos sentimentais e eróticos. Isso significa recuperar as narrativas dos encontros, os calafrios da incerteza, o temor saudável de estar fisicamente na presença do desconhecido. Aqui, não se trata de provocar uma evocação nostálgica ou de louvar um ideal quase inalcançável, mas de resgatar o valor dos gestos que precedem e preparam encontros. Trata-se de propor ritos afetivos que evitem superficialidades e possibilitem a maiêutica de relacionamentos maduros e verdadeiramente humanos.

Agradecimentos

Na conclusão deste texto, gostaria de agradecer ao professor Francesco Occhetta, SI, por apresentar sugestões e por realizar oportunas e preciosas observações. Sou grato também aos amigos de longe e de perto que manifestaram apoio e interesse pelo tema, acreditando na nossa capacidade de aprofundá-lo de um modo honesto e sério. Agradeço também aos que apresentaram críticas e perplexidades em relação ao tema e ao objeto do nosso estudo. Suas diferentes perspectivas também contribuíram para que o nosso olhar sobre o tema fosse mais amplo e mais bem aprofundado. Agradeço também aos autores e pesquisadores, principalmente aqueles cristãos, que, com seriedade e competência, se dedicam sem descanso a estudar temas novos que emergem na cultura digital e que, por serem considerados "tabus", não são fáceis de ser tratados. Esses estudos e aprofundamentos se fazem extremamente necessários para que se compreendam o ser humano e a sociedade de hoje, na qual a Igreja está inserida e deseja amar e servir.

Bibliografia[1]

ALBURY, K.; BURGESS, J.; LIGHT, B.; RACE, K.; WILKEN, R. Data cultures of mobile dating and hook-up apps: Emerging issues for critical social science research. *Big Data and Society*, v. 4, n. 2 (2017), 1-11.

---

1. Neste trabalho, para os textos não traduzidos em língua portuguesa, se oferece uma tradução nossa.

ALVES, R. *O Deus que conheço*. Rio de Janeiro: Verus, 2010.

ANDERSON, M.; VOGELS, E. A.; TURNER, E. The Virtues and Downsides of Online Dating. *Pew Researcher Center*, 6 fev. 2020. Disponível em: <https://www.pewresearch.org/internet/2020/02/06/the-virtues-and-downsides-of-online-dating/>. Acesso em: 26 maio 2022.

ANSARI, A. *Romance moderno: uma investigação sobre relacionamentos na era digital*. São Paulo: Schwarcz, 2015.

A Pillar Investigation. Pillar Investigates: USCCB gen sec Burrill resigns after sexual misconduct allegations. *The Pillar*, 11 jul. 2021. Disponível em: <https://www.pillarcatholic.com/p/pillar-investigates-usccb-gen-sec?s=r>. Acesso em: 15 maio 2022.

BANDINELLI, C.; GANDINI, A. Sesso, amore e dating. In: *Il nostro quotidiano digitale*, ano LXXI, n. 519. Bologna: Il Mulino, 2022.

BAUMAN, Z. *La società sotto assedio*. Roma: Laterza, 2003.

_____. *Amor Líquido: sobre a fragilidade dos laços humanos*. Rio de Janeiro: Zahar, 2004.

BAYM, N. *Personal Connections in the Digital Age*. Cambridge: Polity Press, 2010.

BECKER, S. *Outsiders: Estudos de sociologia do desvio*. Rio de Janeiro: Zahar, 2008.

BELLI, M. *L'epoca dei riti tristi*. Brescia: Queriniana, 2021.

BENTO XVI. Carta Encíclica *Deus Caritas est*, 25 dez. 2005. Disponível em: <https://www.vatican.va/content/benedict-xvi/pt/encyclicals/documents/hf_ben-xvi_enc_20051225_deus-caritas-est.html>. Acesso em: 20 jun. 2022.

BERNE, E. *Os jogos da vida*. Rio de Janeiro: Arte Nova, 1977.

Big Data. In: *L'enciclopedia italiana Treccani*. Disponível em: <https://www.treccani.it/vocabolario/big-data_res-007d6462-8995-11e8-a7cb-00271042e8d9_%28Neologismi%29/>. Acesso em: 26 mar. 2022.

BOLZETTA, F. (org.). *La Chiesa nel digitale: istrumenti e proposte*. Todi: Tau editrice, 2022.

BOZON, M. *Sociologia da sexualidade*. Rio de Janeiro: FGV, 2004.

BROOKS, A. Dating App muzz Continues Growing Its Muslim Network Worldwide. *Dating News*, 13 abr. 2023. Disponível em: <https://www.datingnews.com/apps-and-sites/muzmatch-continues-growing-its-muslim-network-worldwide/>. Acesso em: 11 maio 2023.

CANTELMI, T.; CARPINO, V. *Amore tecnoliquido: l'evoluzione dei rapporti interpersonali tra social, cybersex e intelligenza artificiale*. Milano: Franco Angeli, 2020.

CARLISLE, M. How the Alleged Outing of a Catholic Priest Shows the Sorry State of Data Privacy in America. *Time*, 26 jul. 2021. Disponível em: <https://time.com/6083323/bishop-pillar-grindr-data/>. Acesso em: 27 mar. 2022.

CASTELLS, M. *A sociedade em rede. A era da informação: Economia, sociedade e cultura*. São Paulo: Paz e Terra, 2011.

CASTELLS, M.; FERNANDEZ-ARDEVOL, M.; LINCHUAN, Q. J.; SEY, A. *Mobile communication e trasformazione sociale*. Milano: Guerini e Associati, 2008.

CHAN, L. S. *The politics of Dating Apps: Gender, Sexuality and Emergent Publics in Urban China*. Cambridge: The MIT Press, 2021.

CHOMSKY, N. *O lucro ou as pessoas? Neoliberalismo e Ordem Global*. Rio de Janeiro: Bertrand Brasil, 1999.

CHUL-HAN, B. *Nello sciame: visioni del digitale*. Roma: Nottetempo, 2015.

_____. *Agonia do eros*. Petrópolis: Vozes, 2017.

Bibliografia

CONCÍLIO VATICANO II. Constituição Pastoral *Gaudium et Spes* (1965). Disponível em: <https://www.vatican.va/archive/hist_councils/ii_vatican_council/documents/vat-ii_const_19651207_gaudium-et-spes_po.html>. Acesso em: 10 fev. 2023.

Crossmedialità. In: *L'enciclopedia italiana Treccani*. Disponível em: <https://www.treccani.it/enciclopedia/crossmediale_%28Lessico-del-XXI-Secolo%29/>. Acesso em: 06 abr. 2022.

CUCCI, G. *Paradiso virtuale o infer.net? Rischi e opportunità della rivoluzione digitale*. Milano: Ancora, 2015.

DE SAINT-EXUPÉRY, A. *O Pequeno Príncipe*. Rio de Janeiro: Zahar, 2015.

DICASTÉRIO PARA A COMUNICAÇÃO. *Rumo à Presença Plena: uma reflexão pastoral sobre a participação nas redes sociais*. Vaticano: Libreria Editrice Vaticana, 28 maio 2023. Disponível em: <https://www.vatican.va/roman_curia/dpc/documents/20230528_dpc-verso piena presenza_pt.html>. Acesso em: 30 out. 2023.

DOHERTY, R. Interview: J-Swipe founder David Yarus. *The JC*, 16 mar. 2018. Disponível em: <https://www.thejc.com/lifestyle/features/j-swipe-founder-david-yarus-is-a-matchmaker-but-still-single-himself-1.460903>. Acesso em: 26 maio 2022.

DOMINGUES, F. *Selflessness in the age of selfies: What young people can teach us about social media's throw-away culture*. Roma: Gregorian & Biblical Press, 2021.

DUPORTAIL, J. *L'amore ai tempi di tinder: un viaggio tra passioni cieche e algoritmi che ci vedono benissimo*. Milano: Fabri, 2020.

DURKHEIM, E. Le scienze positive de la morale en Allemagne. In: *Philosophique*. Cambridge: Selected Writings, 1975.

_____. Le dualisme de la nature humaine et ses conditions sociales. In: *La Science sociale et l'action*. Paris: Quadrige/PUF, 2010. Tradução de Joana Angélica D'Ávila Melo.

_____. *Sull'educazione sessuale*. Roma: Armando, 2021.

KIERKEGAARD, S. *Enter-Eller: Un frammento di vita*. Tomo I. A cura di A. Cortese. Milano: Adelphi, 1987.

ESSIG, L. *Love, Inc.: Dating Apps, The Big White Wedding, and Chasing the Happily Neverafter*. Oakland: University of California Press, 2019.

FABRIS, A. *Etica per le tecnologie dell'informazione e della comunicazionne*. Roma: Carocci, 2018.

FINLEY, S. Muslims don't date, we marry. *BBC News*, 25 mar. 2019. Disponível em: <https://www.bbc.com/

news/business-47567993>. Acesso em: 26 maio 2022.

FOUCAULT, M. *História da Sexualidade 2: O uso dos prazeres*. Graal, 1998.

FRANCISCO. Exortação Apostólica Pós-Sinodal *Amoris Laetitia*, 19 mar. 2016. Disponível em: <https://www.vatican.va/content/francesco/pt/apost_exhortations/documents/papa-francesco_esortazione-ap_20160319_amoris-laetitia.html>. Acesso em: 20 jun. 2022.

_____. Discurso do Papa Francisco aos participantes na plenária da Congregação para os Institutos de Vida Consagrada e as Sociedades de Vida Apostólica, 28 jan. 2017. Disponível em: <https://www.vatican.va/content/francesco/pt/speeches/2017/january/documents/papa-francesco_20170128_plenaria-civcsva.html>. Acesso em: 01 abr. 2022.

_____. Exortação Apostólica Pós-Sinodal *Christus Vivit*, 25 mar. 2019. Disponível em: <https://www.vatican.va/content/francesco/pt/apost_exhortations/documents/papa-francesco_esortazione-ap_20190325_christus-vivit.html>. Acesso em: 10 fev. 2023.

_____. Carta Encíclica *Fratelli Tutti*: sobre a fraternidade e a amizade social, 03 out. 2020. Disponível em: <https://www.vatican.va/content/francesco/pt/

encyclicals/documents/papa-francesco_20201003_enciclica-fratelli-tutti.html>. Acesso em: 16 jun. 2022.

_____. Mensagem do Papa Francisco para o LVII Dia Mundial das Comunicações Sociais, 24 jan. 2023. Disponível em: <https://www.vatican.va/content/francesco/pt/messages/communications/documents/20230124-messaggio-comunicazioni-sociali.html>. Acesso em: 10 fev. 2023.

GOLDBERG, G. *Antisocial Media: Anxious Labor in the Digital economy.* New York: New York University Press, 2018.

Grinder. In: *Cambridge Dictionary*. Cambridge University Press & Assessment. Disponível em: <https://dictionary.cambridge.org/dictionary/english/grinder>. Acesso em: 25 mar. 2022.

HAI, Y. E-rranged marriages: For young Muslims, a new slate of Dating Apps have become a merger of love and tradition. *Rest of World*, 28 jul. 2020. Disponível em: <https://www.rainn.org/news/feel-secure-online-social-media-dating-apps-and-technology>. Acesso em: 27 maio 2022.

HARARI, Y. N. *Homo Deus: Breve storia del futuro.* Roma: Bompiani, 2018.

Hook up. In: *Cambridge Dictionary*. Cambridge University Press & Assessment. Disponível em: <https://

Bibliografia

dictionary.cambridge.org/pt/dicionario/ingles/hook-up>. Acesso em: 20 mar. 2022.

Hook up. In: *Oxford Dictionaries*. Oxford University Press. Disponível em: <https://www.oxfordlearnersdictionaries.com/definition/english/hook-up_1?q=hook+up>. Acesso em: 20 mar. 2022.

ILLOUZ, E. *O Amor nos Tempos do Capitalismo*. Rio de Janeiro: Zahar, 2011.

INSTITUTO BRASILEIRO DE GEOGRAFIA E ESTATÍSTICA. *Uso de internet, televisão e celular no Brasil*. Disponível em: <https://educa.ibge.gov.br/jovens/materias-especiais/20787-uso-de-internet-televisao-e-celular-no-brasil.html>. Acesso em: 22 mar. 2022.

JENKINS, H. *Cultura da Convergência*. Le Livros, 2009.

_____. Eight Traits of the new Media Landscape, 5 nov. 2006. Disponível em: <http://henryjenkins.org/blog/2006/11/eight_traits_of_the_new_media.html>. Acesso em: 25 mar. 2022.

JOÃO PAULO II. Encíclica *Laborem Exercens* sobre o trabalho humano, 14 set. 1981. Disponível em: <https://www.vatican.va/content/john-paul-ii/pt/encyclicals/documents/hf_jp-ii_enc_14091981_laborem-exercens.html>. Acesso em: 25 maio 2022.

KATELYN, A. JSwipe Review – What do we know about it? *Dating Ranking*, 19 maio 2020. Disponível em:

<https://datingranking.net/jswipe-review/>. Acesso em: 24 mar. 2022.

LE BRETON, D. *A sociologia do corpo*. Petrópolis: Vozes, 2006.

LIVINGSTONE, S.; HELSPER, E. Gradations in Digital Inclusion: Children, Young people and the Digital divide. In: *New Media & Society*, v. 9, n. 4, 2007.

LONDYN, A. *Grindr Survivr: How to find Happiness in Age of Hookup Apps*. CreateSpace Independent Publishing Platform, 2017.

LOYOLA, I. *Escritos de Santo Inácio: Exercícios Espirituais*. São Paulo: Loyola, 2006.

MARX, K. *Manuscritos Econômico-Filosóficos*. São Paulo: Boitempo, 2010.

MAY, T. *Friendship in an age of economics: resisting the forces of neoliberalism*. Lanham: Lexington Books, 2012.

MCLUHAN, M. *The Gutenberg galaxy: the making of typographic man*. Toronto: The University of Toronto Press, 1962.

_____. *War and peace in the global village*. New York: Bantam, 1968.

_____. *Gli strumenti del comunicare*. Milano: Il Saggiatore, 1990.

MCQUIRE, S. *The Media City: Media, Architecture and Urban Space*. SAGE Publications Ltd, 2008.

MILLINGTON, A. Ann ex-Morgann Stanley banker and a 25-years-old engineer created the first global matchmaking app for Muslims, and it's about to hit one million users. *Insider*, 10 jan. 2019. Disponível em: <https://www.businessinsider.com/muzmach-matchmaking-app-for-muslims-about-to-hit-one-million-users-2018-12?r=US&IR=T>. Acesso em: 20 mar. 2022.

MISKOLCI, R. San Francisco e a nova economia do desejo. *Lua Nova*, n. 91 (2014), 269-295.

_____. *Desejos digitais: Uma análise sociológica da busca por parceiros on-line*. Apple Books, 2017.

MURPHY, M. P. Swipe left: A theology of Tinder and digital dating. *America Magazine*, 17 ago. 2015. Disponível em: <https://www.americamagazine.org/content/all-things/i-want-hold-your-hand-new-frontiers-dating>. Acesso em: 26 maio 2022.

NASCIMENTO, M. C. *Dating Apps: Love and relationships in contemporary Japan*. Master's Degree Dissertation. Universidade Católica Portuguesa, 2019.

NEGROPONTE, N. *Essere digitali*. Milano: Sperling & Kupfer, 1999.

NICOLACI DA COSTA, A. M. 2002. Revoluções tecnológicas e transformações subjetivas. *Psicologia: Teoria e Pesquisa*, v. 18, n. 2 (2002), 193-202.

PAUL, A. *The Current Collegiate Hookup Culture: Dating Apps, Hookup Scripts, and Sexual Outcomes*. London: Lexington Books, 2022.

PAULO VI. Decreto *Inter Mirifica* sobre os meios de comunicação social, 4 dez. 1966. Disponível em: <https://www.vatican.va/archive/hist_councils/ii_vatican_council/documents/vat-ii_decree_19631204_inter-mirifica_po.html>. Acesso em: 23 maio 2022.

PELÚCIO, L. Afetos, mercado e masculinidades: notas iniciais de uma pesquisa em aplicativos móveis para relacionamentos afetivos/sexuais. *Contemporânea – Revista de Sociologia da UFSCar*, v. 6, n. 2 (2016), 309-333.

PETER, J.; VALKENBURG, P. M. Who looks for casual dates on the internet? A test of the compensation and the recreation hypotheses. *New Media & Society*, v. 9, n. 3 (2007), 455-474.

PETERS, J. Grindr has been sold by its Chinese owner after the US expressed security concerns. *The Verge*, 6 maio 2020. Disponível em: <https://www.theverge.com/2020/3/6/21168079/grindr-sold-chinese-owner-us-cfius-security-concerns-kunlun-lgbtq>. Acesso em: 27 maio 2022.

PLESSNER, H. *Il riso e il pianto: Una ricerca sui limiti del comportamento umano*. Milano: Bompiani, 2015.

PORTERFIELD, C. Report: Allegations of priests using Grindr have unnerved the Catholic Church. *Forbes*,

20 ago. 2021. Disponível em: <https://www.forbes.com/sites/carlieporterfield/2021/08/20/report-allegations-of-priests-using-grindr-have-unnerved-the-catholic-church/?sh=4d9871285dd5>. Acesso em: 27 mar. 2022.

RIVA, G. *I social network*. Bologna: Il Mulino, 2010.

ROACH, T. *Screen Love: Queer intimacies in the Grindr Era*. New York: New York University Press, 2021.

RONCHI, E. *I Baci non dati*. Milano: Paoline, 2019.

ROOIJ, L. The Relationship between Online Dating and Islamic Identity among British Muslims. *Journal of Religion, Media and Digital Culture*, v. 9 (2020), 1-32.

ROSÁRIO, M. 'Sem match': como os apps de relacionamento viraram assunto sério nos consultórios de psicologia e psiquiatria. *O Globo*. Disponível em: <https://oglobo.globo.com/saude/noticia/2024/06/30/sem-match-como-os-apps-de-relacionamento-viraram-assunto-serio-nos-consultorios-de-psicologia-e-psiquiatria.ghtml>. Acesso em: 01 jul. 2024.

SACCHITIELLO, B. A importância das experiências interativas para o Tinder. *Meio e Mensagem*, 17 nov. 2021. Disponível em: <https://www.meioemensagem.com.br/home/midia/2021/11/17/a-importancia-das-experiencias-interativas-para-o-tinder.html>. Acesso em: 06 abr. 2022.

SALES, N. J. Tinder and the Dawn of the "Dating Apocalypse": As romance gets swiped from the screen, some twentysomethings aren't liking what they see. *Vanity Fair*, 06 ago. 2015. Disponível em: <https://www.vanityfair.com/culture/2015/08/tinder-hook-up-culture-end-of-dating>. Acesso em: 26 maio 2022.

SEPÚLVEDA, R.; VIEIRA, J. Motivações para o uso de aplicações de *online dating* no contexto português: a relevância dos *turning points*. *Análise social*, n. 235 (2020), 300-330.

SARRALHEIRO, V. A. *Existe amor em app: Percepções sobre a sexualidade, a prevenção e a comunicação do HIV e da aids entre usuários de aplicativos de relacionamentos*. Dissertação de Mestrado. São Paulo: USP, 2020.

SEYMOUR, M. Christian Mingle – Online Dating Site Bio. *Healthy Framework*. Disponível em: <https://healthyframework.com/dating/dating-site-info/christian-mingle-bio/>. Acesso em: 26 mar. 2022.

_____. Christian Mingle Review. *Healthy Framework*. Disponível em: <https://healthyframework.com/dating/review/christian-mingle/>. Acesso em: 11 maio 2022.

SHIELD, A. D. *Immigrants on Grindr: Race, Sexuality and Belonging Online*. Leiden: Palgrave Macmillan, 2019.

SIMÕES, R. Tinder, apenas um jogo, num álbum de figurinhas. *Época*, 08 out. 2013. Disponível em: <https://epoca.oglobo.globo.com/vida/vida-util/

Bibliografia

tecnologia/noticia/2013/10/btinderb-apenas-um-
-jogo-num-album-de-figurinhas.html>. Acesso em:
02 fev. 2022.

SMITH, A. 15% of American Adults Have Used Online
Dating Sites or Mobile Dating Apps. *Pew Researcher
Center*, 11 fev. 2015. Disponível em: <https://www.
pewresearch.org/internet/2016/02/11/15-per-
cent-of-american-adults-have-used-online-dating-
-sites-or-mobile-dating-apps/>. Acesso em: 26 maio
2022.

SPADARO, A. *Cyberteologia: pensare il Cristianesimo
al tempo della rete*. Milano: Vita e Pensiero, 2012.

SPYER, J. As igrejas são uma alternativa ao Tinder?.
Folha de São Paulo, 03 jun. 2024. Disponível em:
<https://www1.folha.uol.com.br/colunas/juliano-
-spyer/2024/06/igrejas-sao-alternativa-ao-tinder.
shtml>. Acesso em: 28 jun. 2024.

STELLA, R.; RIVA, C.; SCARCELLI, C. M.; DRUSIAN,
M. *Sociologia dei new media*. Novara: UTET, 2018.

SWENEY, M. Gay dating App Grindr to float in $2.1bn
deal. *The Guardian*, 10 maio 2022. Disponível em:
<https://www.theguardian.com/business/2022/
may/10/gay-dating-app-grindr-float-spac-deal>.
Acesso em: 11 maio 2022.

TEDESCHI, L. *Media digitali e applicazioni di incontro: Un esempio di lettura sulla questione identitaria*

nell'ambito degli Internet Studies. In Riga edizioni, 2019.

TINDELL, L. *The Dating App confessions: Confessions and Advice based on real experiences of online daters.* Publicação independente, 2021.

Tinder. In: *Cambridge Dictionary.* Cambridge University Press & Assessment. Disponível em: <https://dictionary.cambridge.org/pt/dicionario/ingles/tinder>. Acesso em: 27 mar. 2022.

TROZENSKI, A. The changing spaces of Dating Apps since Covid-19. *The Center for Digital Humanities*, Vanderbilt University, 02 mar. 2022. Disponível em: <https://www.vanderbilt.edu/digitalhumanities/the-changing-spaces-of-dating-apps-since-covid-19/>. Acesso em: 23 jun. 2022.

TURKLE, S. *Insieme ma soli: Perché ci aspettiamo sempre più dalla tecnologia e sempre meno dagli altri.* Einaudi, 2019.

ZAGO, L. F.; PAIT, H.; SABATINE, T. Convites e tocaias – Considerações metodológicas sobre pesquisas em sites de relacionamento. In: *Emaranhado da Rede – gênero, sexualidade e mídia: desafios metodológicos do presente.* São Paulo: Annablume Queer, 2015.

ZUBOFF, S. *Il Capitalismo della Sorveglianza: Il futuro dell'umanità nell'era dei nuovi poteri.* Roma: LUISS, 2019.

Webgrafia

CHRISTIAN MINGLE. Find Your Match. Disponível em: <https://www.christianmingle.com/en/believe/find>. Acesso em. 25 mai. 2022.

GRINDR. Regiões censuradas. Disponível em: <https://help.grindr.com/hc/pt/articles/1500010811581-Pa%C3%ADses-e--regiões-censuradas>. Acesso em: 27 mar. 2022.

JSWIPE APP. Disponível em: <https://jswipeapp.com>. Acesso em: 23 mar. 2022.

MUZMATCH. Disponível em: <https://muzmatch.com/en-GB/>. Acesso em: 23 mar. 2022.

RAINN. Feel Secure Online: Social Media, Dating Apps, and Technology. Disponível em: <https://www.rainn.org/news/feel-secure-online-social-media-dating-apps-and-technology>. Acesso em: 01 jun. 2022.

TINDER. Políticas de Privacidade. Disponível em: <https://policies.tinder.com/privacy/intl/pt/>. Acesso em: 01 jun. 2022.

_____. Tinder Gives Away Free COVID-19 Mail-in Tests. In: *Tinder Press Room*, 16 mar. 2021. Disponível em: <https://www.tinderpressroom.com/news?item=122492>. Acesso em: 01 jun. 2022.

Edições Loyola

editoração impressão acabamento
Rua 1822 nº 341 – Ipiranga
04216-000 São Paulo, SP
T 55 11 3385 8500/8501, 2063 4275
www.loyola.com.br